人间很美

我们很好

赖 敏　丁一舟——著

西宁

郑州

西安

合肥

武汉

拉萨

昆明　　柳州　　长沙

南宁

we are not that bad
in this
amazing world

台海出版社

图书在版编目（CIP）数据

人间很美 我们很好 / 赖敏, 丁一舟著 . —北京：

台海出版社 , 2022.10

ISBN 978-7-5168-3350-6

Ⅰ . ①人… Ⅱ . ①赖… ②丁… Ⅲ . ①随笔—作品集

—中国—当代 Ⅳ . ① I267.1

中国版本图书馆 CIP 数据核字 (2022) 第 132506 号

人间很美 我们很好

著　　者：赖　敏　丁一舟

出 版 人：蔡　旭　　　　　　　　封面设计：青空工作室

责任编辑：王　萍　　　　　　　　策划编辑：孙玉洁

出版发行：台海出版社

地　　址：北京市东城区景山东街 20 号　邮政编码：100009

电　　话：010-64041652（发行、邮购）

传　　真：010-84045799（总编室）

网　　址：www.taimeng.org.cn/thcbs/default.htm

E - m a i l：thcbs@126.com

经　　销：全国各地新华书店

印　　刷：保定市铭泰达印刷有限公司

本书如有破损、缺页、装订错误，请与本社联系调换

开　　本：880 毫米 ×1230 毫米　　　1/32

字　　数：197 千字　　　　　　　　印　　张：9.5

版　　次：2022 年 10 月第 1 版　　　印　　次：2022 年 10 月第 1 次印刷

书　　号：ISBN 978-7-5168-3350-6

定　　价：55.00 元

人生总要有一些说走就走的旅程，

不任性一回，

都不知道旅途中的风景有多么美妙。

目　录

001　美梦破碎　深渊来临

每次做这个梦，我都会突然被吓醒，满头大汗，下意识地想坐起来，可是身体却不听使唤，动不了。

007　缘　分

你所遇到的人，遇到的事，其实上天早有安排。

017　苦涩又甜蜜的爱情

他问我怕不怕跟着他过苦日子，我安慰他说"连死都不怕的人，又怎么会怕苦？"

029　计划　走心之旅

我猜想这是他的旅行计划，只是没想到他还挺浪漫，居然想到要把路线连起来变成心形。

037　带走的不止小黑

都说狗是人类最忠诚的朋友，现在我们失去的不仅是一位忠诚的朋友，更是不可或缺的家人。

047　一抹背影携梦前行

他的背影怎么那么好看，给我一种能抵挡一切风险的安全感。

057　人生第一次采访

老丁笑着说："我这辈子还没被采访过，是不是要穿个白衬衫才行？"

065　怀玉先生

其实他不知道，他的名字我能记得那么清楚，是因为那时候我正在追的一部剧，剧的名字就叫《怀玉公主》。

077　很 man 很成熟的李哥

在李哥看来，对我们的援助只是举手之劳。但在我们心里，这种帮助是大雨滂沱中，他为我们撑起的一把伞。

093　水库　惊魂一夜

不知道过了多久，阿宝从林子里面跑了出来，跑到我身边一直不停地拱我，动作像是在邀功，又似乎在安慰我："妈妈，不怕，我把那东西打跑了。"

103　突如其来的"聚光灯"

突然我感觉有越来越多的目光朝我们投射过来。对于目光这东西，我和老丁早已不以为意。只是这次的目光如影随形，几乎要将我俩穿透。

113　我的两只小"战士"

事实上每只小狗在我们心里都是独一无二的存在，都是无法代替的存在。

121　人间仙境

这是一个天然的洞穴，上通山顶，下通地下河。让你不由得赞叹大自然鬼斧神工的杰作。但如果你知道它背后形成的原因，定然更会感慨万千。

131 **磁场的碰撞 至交"雷神"**

人和人之间应该有某种磁场存在，有些人不管认识多久依然亲近不起来，而有些人在你第一眼见到时就笃信会成为好朋友。

145 **撒在去大理前的"狗粮"**

这一路上我和老丁撒下了无数狗粮。我们并不羞涩，不吝啬对外人秀恩爱，因为我们觉得，爱就要大胆表现。

157 **母亲般的温暖**

我没有从妈妈身上得到过的那种温暖和力量，这几天在丹姐身上得到了，这种感觉让我又高兴又难过。

167 **再遇"雷神"**

虽然知道我们还会和雷神相遇，但没想到这一天来得这么快，我真的开心极了。

181 **奇妙爱情关系**

白天还在互相赌气发誓不再理对方，晚上就像啥事都没发生过一样。

187 **平凡人的光辉**

这个世界上一直有很多"逆行者"，他们总是做着一些常人认为"不可能"的事。

197 **温暖的争执**

老丁还想为自己辩解，但又觉得娟姐说得没错，只能默默被娟姐教育。

205　滴落在布达拉宫的眼泪

叫着，笑着，我突然就哭了。老丁回头一看，笑话我说："你真是个傻妞，哭啥，我们到西藏了，我们到拉萨了，我们做到了，哭啥，要笑啊！"

215　理塘，我们的藏族婚礼

看到老丁穿上了婚服走向我，这一刻我绷不住了，无数次梦里的场景终于实现了。

223　泸沽湖达祖希望小学

看到达祖小学和那些被迫辍学在家无书可读的孩子们，他动了留下来重建小学的念头，后来他真的决定留下来了。

231　我的小天使

看来我们即将要迎来新的家庭成员了。这个小生命，如今正在我的身体里茁壮成长呢！

243　遇见美好　便是意义

生命里真正让人难忘并且充满感激的，不是路上的美景，而是那些一路上陪伴自己的人。

251　丁一舟写给路遥的信

261　赖敏丁一舟旅行图集

美梦破碎　深渊来临

每次做这个梦，我都会突然被吓醒，满头大汗，下意识地想坐起来，可身体却不听使唤，动不了。

生命从指尖慢慢流逝

每一个人生命的尽头都指向了死亡，

但不是每一个人在醒来的瞬间，

都会一次又一次被巨大的恐惧所淹没。

被夺去了本该期待的朝阳，

为何岁月待我如此不公平？

也不知道从什么时候起，我会经常做这样一个梦：在一个美丽的地方，夕阳西下，我在田野里奔跑，和同学们一起在草地上席地而坐，玩着各种有趣的游戏……

我很清楚地知道，这不过是一个梦，一个并不真实的梦。在梦里，我能像正常人一样健康，协调自如，动作完美，愉快地蹦跳奔跑。

是的，我的梦是不是很简单？能完成常人能完成的动作，仅此而已！

每当做这个梦，我都会突然被吓醒，满头大汗，下意识地要坐起来，可是身体却不听使唤，动不了。像是被人拦腰截断，我的腰部根本没有力气。我能感觉到身体每一块肌肉的存在，但是却无法控制它们。因为我遗传了妈妈的小脑共济失调症。

我深知这一切的发展过程和最终结果，并已经习以为常，但是每次做这个梦，我都会被惊醒，再重新感知一遍自己的身体。

关于这个梦的形成，还要从 2014 年说起。

2014 年 3 月的某一天，那时手机微信还不太普及。表姐用 QQ 给我发来信息，说我的舅舅去世了。当时，我正在上班，看到电脑屏幕前的消息，我不敢相信，泪水模糊了双眼。

其实，我跟舅舅的感情并没有很深，可以很理智地看待他的去世。我的悲伤源于自己一直不愿意面对的咒语——小的时候，妈妈告诉我她得的是一种叫作"遗传性小脑共济失调"的怪病。长大后的我很清楚，这种怪病，总有一天会在我身上表现出来。

当时妈妈还安慰我说："这个病是像武林秘籍一样，传男不传女的，你放心好了。"

我一直很奇怪，我妈就不是女人吗？为什么还是会有这个病？在我成长的过程中，我眼睁睁地、真真切切地，看着妈妈在短短十多年间从发病到萎缩，直至离开这个世界。

这个阴影从小学开始一直困扰着我，所以我异常珍惜我的过往。也可能是过于担心未来再也不能像从前那样灵活地控制自己的身体，所以会下意识地一次次回忆过去的种种。我一直喜欢玩独木桥，但是从来也没有走到头；我跳绳最多只能跳五六个；拍皮球和踢毽子永远是一次几个。别的孩子随着年龄的成长，这些数据也会随之增长，而我无论怎么练习，也无法再超过这些数字。我仿佛从小就被什么不知名的规则给限制住了。

有时，我会忽然觉得死神就坐在我旁边，手搭在我的肩膀上跟我说："赖敏，如果你要死了，你最牵挂的是什么？"

我想到了我的朋友们。两年前父亲离开我之后，我最后剩下的牵挂就是那些工作、生活中的朋友们了。想到这里，眼泪止不住地流了下来，我拿出手机像写遗书似的，边哭边在我最不常用的 QQ 空间里写下一两句话："忽然有一种心被抽空的感觉，我不惧怕我的以后，我担心的是我的朋友们。如果有一天，我死去了，你们怎么办？没有我的笑，你们怎么办？没有我的陪伴，你们怎么办？想我了，你们怎么办？"我至今记得，按下发送键后，我一时万念俱灰，想把生命就此终结。我不想像妈妈一样受病痛折磨。生命从指尖慢慢流逝，每一个人生命的尽头都指向了死亡，但不是每一个人在醒来的瞬间，都会一次又一次被巨大的恐惧所淹没。被夺去了本该期待的朝阳，为何岁月待我如此不公平？现在回想起来，那种感觉依然让我毛骨悚然，可是我怎么都不会想到，就是这万念俱灰的一段话，改变了我的一生。

　　当我以为生命中的一切会按照预想的那样向悲惨的方向发展时，一个意外突然出现，一个无法形容的、美丽的意外，改变了我的一切。

缘　分

你所遇到的人，遇到的事，其实上天早有安排。

我开始期待他说的"还会回来"，

想下一次见面会是什么时候。

想起他的模样，

我心里竟然会甜甜的，

在工作时也常常想起他。

　　我不知道缘分这种东西是怎么定义的，但是在我的生命中，的确出现过。

　　你所遇到的人，遇到的事，其实上天早有安排。

　　关于我的缘分，还要从那个噩梦开始讲起。自从舅舅去世后，"遗传性小脑共济失调"这个怪病，首先开始在我的精神世界里折磨我。我害怕到忘记了害怕，整天浑浑噩噩，漫无目的，不知道这个病哪一天会降临到我的身上。我把这段日子称为"噩梦"。

　　我开始对生活不抱希望，渐渐消沉了，就像个被命运操控的傀儡一样，过着按部就班的生活，对外界提不起兴趣，也不与人交流。

　　那段时间，除了工作、生活中必要的联系，我再也没有和任何人沟通过，也没有人察觉到我的消沉。我已经忘记了自己是怎么过来的，就算刻意去回忆，也已经记不起哪怕一丁点儿的细节，总之记忆里只有灰色。

　　直到我的小学同学出现的那一天，我的记忆才开始渐渐清晰起来。感觉他像神一样，带着万丈光芒，突然来到我身边。

　　有一天，我在上班，忽然 QQ 闪了一下，是我的小学同桌丁一舟。他在 QQ 里发来这么一句话："你怎么了？为什么突然变得那么悲伤？"

　　我跟丁一舟已经有十几年没联系了。在我的印象中，他是一个木讷的小男孩，我整天欺负他。

　　回想起小时候，丁一舟的成绩不是很好，又不爱学习，常常是班里倒数前几名。作为他同桌的我，便被老师安排帮助他学习，可他连乘法口诀都背不下来，真是孺子不可教也。有时候我还会调皮地在他的作业本上乱写乱画，可他倒像个没事儿人一样，完全不在乎。记得有一节作文课老师问大家以后的理想是做什么，别的同学都说想当老师、医生或者警察，只有丁一舟说想成为奥特曼拯救世界，惹得全班同学哈哈大笑。如今十几年过去了，也不知他是否还像小时候一样，憨厚又老实。

然而没想到的是，时隔多年，丁一舟竟然以这样的方式闯进了我的生活。

我理解的缘分，可能就是这样的。当一个与你并没有多大关系的人，突然走进你的世界里，而且来得很突然，甚至有点莫名其妙的感觉，这可能就是缘分。

另外，我还有个特点，在不熟悉的人面前总喜欢假装坚强，把自己伪装成刀枪不入的超人，却也希望有人能看出我的脆弱。关于我的性格，周围的人给我的定义是温柔、平和，只有我自己知道，我犟起来，十头牛都拉不回来。

虽然以前对丁一舟的印象不太好，但一直假装坚强的我面对他突如其来的关心，情绪瞬间崩溃了。和他说了我的情况，本以为他会安慰两句，可是等了半天，他竟然连一句话都没回，让着急找安慰的我等得有点心焦。

等待他回复的过程漫长又无聊，但我已经很久没有与人沟通，我迫不及待地想看到他的回复，盯着他的 QQ 头像望眼欲穿。

过了好久，他终于回复了。我赶紧点开消息，是一张网页的截图，上面都是关于我病情的详细介绍。他居然去查询了关于我这个病的一切！他是第一个主动询问我，并通过百度专门搜索我病情的朋友，这不禁让我有些感动，也瞬间让我感觉亲近了不少。

父母的相继离世对我打击很大，一个人孤苦伶仃的。此刻，突然而至的关怀，让没有亲情支撑的我差点流下眼泪。我强忍着发酸的鼻尖和眼眶，才把眼泪硬生生地憋回去。

随后我们聊了很多关于我病情的话题，发病的原因是什么，能不能治愈，该怎样维持，生活过得怎么样之类的。很快，聊天结束了，除了互相留了电话号码并没有多说什么，我也并没有得到我想要的安慰，聊天的方式也都是他问我答，没有我想象中嘘寒问暖的温柔，也没有华丽的辞藻，甚至还有点野蛮，但是却让当时的我感受到了一种暖意，一种直男的温暖。他一点都没有变，还像小时候一样是个钢铁直男。

其实我并不是对丁一舟没有好感，只不过当时我们还太小，现在又过去了那么多年，那份好感早就消逝在漫长的时光里。

自从上次聊天之后，我和丁一舟就没了联系，甚至连早晚问候都不曾有，很快我便忘记了这回事。

原以为这只是一次普通的聊天，毕竟在生活中没有人会对你一直保持关注，萍水相逢又怎会有波澜，然而我没想到的是，这是我和丁一舟缘分的开始。

　　大约过了一个星期，我突然收到他的短信，说要来看我。我心里有点激动，没怎么思考就答应了。后来我经常在想，作为女孩子应该保持矜持，可当时为啥自己一点都不矜持，随便就答应了。但是值得庆幸的是当时的不矜持，给我带来了幸福。

　　缘分这个词是很微妙的，我其实并不喜欢用它来形容或者诠释人和人之间的关系，但是后续的种种，却也只能用缘分来形容了。十六年后再次相遇的我们，并没有陌生的感觉和久别重逢的激动。他没有很大变化，还是我记忆中的样子，而我却多了一个被诅咒一般的病。突然感觉挺没意思的，虽说久别重逢非少年，但他还是记忆中的少年，而我的人生却变得乱七八糟，我的心情一下子跌落谷底。

　　我们简单寒暄了几句。他说还没吃饭，我便顺势邀请他到我家做客。

　　也不知道自己为什么对他完全没有防备，带他"参观"了我当时的生活，认识了我的贴身护卫阿宝———一只大型犬。本来想用阿宝庞大的身躯吓唬他，可是没想到阿宝被他哄得直哼哼，一直用湿漉漉的鼻子蹭他。一人一狗相处得很融洽。

　　看着他和阿宝，我的心暖暖的，长久独处的我看到这种温暖的画面还是会动容。平时都是只有阿宝和我，可是由于行动不怎么方便，我也很少带着阿宝出门玩，更别说遛狗了。现在突然来个活蹦乱跳的人陪它，阿宝别提多开心了。突然觉得这样的生活也不错，但我很快就清醒了过来，被自己的想法吓了一跳。

当时我还能动，为他做了顿简单的晚饭。他吃得满足，还夸我手艺好。吃饱喝足之后，按照电视剧里的剧情发展，我们睡在了一张床上，可是最后却什么都没有发生。我心想，孤男寡女共处一室什么事都没发生，是我完全没吸引力了，还是他有病？

我怀着忐忑的心，翻来覆去一晚上睡不着，而他则像头猪一样呼呼大睡。之后我问他，他说其实他也没睡，没想法是不可能的，只是他不想以这种方式伤害我。看不出来他比我想象的要正直。

第二天，我们都醒得特别早，也许是因为各怀心事没怎么睡，所以都顶着个熊猫眼互相看着对方，最后居然蛮有默契地相视一笑，现在想起来当时那个画面还是忍不住莞尔。吃过早餐，他留下了一句"还会回来"，就匆匆回柳州了。就这样，我们十六年后的第一次重逢"灰溜溜"地结束了。

我开始期待他说的"还会回来"，想下一次见面会是什么时候。想起他的模样，我心里竟然会甜甜的，在工作时也常常想起他。

这个世界上没有无缘无故的爱，我觉得自己大概是有一点喜欢他了，是因为他憨厚的笑，还是他细致入微的关心，又或者是我早就注意到他了？这种朦胧又暧昧的情愫每晚都伴随着我，感觉有了他的陪伴我安心不少，就连做噩梦也没那么可怕了。

后来，随着我们的联系越来越频繁，我们也越来越熟悉彼此，从干巴巴的你问我答到无话不谈。有一天他建议，要不你回柳州吧。我被他的这个建议惊了一下。因为我的父母离世，闺蜜朋友们也都在南宁工作，在柳州我相当于是举目无亲，我甚至不知道回柳州还有什么意义。

于是我跟他开玩笑说："我回柳州，没有人照顾我，你照顾我啊？没有工作，你养我啊？"他很快回复我说："你在南宁也是租房子。我有房子可以租给你，也可以在生活上帮助你，还可以帮你找工作。比你现在的情况强。"说到这里，我没有再说话，但是从心底抗拒他的邀请。

我们现在的关系只是普通朋友，我也不想成为别人的累赘。我很清楚自己的病，前男友也是因为这个病离我而去，我又怎么能轻易相信别人呢？实在不敢再次把真心坦然交付别人了。

说实话，我已经不敢奢望以自己这样的条件会有一个男朋友。而他也一直以朋友的身份和我相处，他说那些话像是在可怜我。可是他这一次却非常霸道，在我没同意的情况下又来到了南宁，同行的还有他雇的卡车。他直接就把阿宝和我的行李塞进车里。我心想着既然阿宝都被带走了，那我也只能跟着去了。我甚至没来得及跟单位提出辞职。

他一个人住在柳州三室一厅的家里，养着一条叫芹菜的小狗。难怪他一点都不害怕阿宝，还知道如何讨小狗欢心。他把我安排在他隔壁的房间，还一板一眼地说："你先休息一段时间，过几天我给你介绍工作。等你发工资，要给我每个月300块的房租。"明明是强买强卖，但是我觉得又好气又好笑，无奈接受了这个"合租关系"。

这一切发生得太快，恍惚到我分不清这是现实还是梦境。但事已至此，我已经没有了退路，大概我和他的命运从此刻起就交织在一起了。

接下来的日子里，他变成了我的房东。他上班每天早出晚归。而我没了工作，每天在家，无聊了就搞搞卫生、买菜做饭，感觉就像是他家的保姆。不同的是，他会每天陪我散步、遛狗。丁一舟有一些小细节是很令人感动的，他会帮我系鞋带，不论是什么场合，包括在街上，只要他看见我的鞋带散了，就会蹲下来，为我把鞋带系好。

偶尔他也会下厨，做他唯一会做的菜——麻婆豆腐，并且会在出锅的时候加上一句"老丁出品，必是精品"，然后得意地笑。那时候的他在我眼里可爱极了。

和他在一起的时光总是那么欢乐，而且我们俩说话和做事都很默契。比如我在哼歌，他立马就能接上；或者我口渴了刚想接水喝，他下一秒就给我递上杯子，或许这就是灵魂伴侣吧。我们处在"友达以上，恋人未满"的阶段。也许是因为我的病，我们之间有一种莫名的隔阂存在，谁也没有主动捅破那层纱。

直到那一夜，参加一个我们共同的同学聚会。同学们得知我们竟住在一块儿，忍不住调侃起来。我害羞得无地自容。他也是，只能不停地用喝酒来掩饰自己的窘迫和尴尬。最后我俩都喝多了，记不清我俩是怎么回到家的，我们坐在沙发上互相看着对方，很有默契地都哭了。他说我是这个世界上除了他妈妈以外第一个帮他洗袜子和内裤的女人，而我早就因为他平时对我的点点滴滴的关照而感动不已。

　　女人都是感性的，一些小小的细节就能打动我，更何况丁一舟的赤诚和真心，早就把我感化了。都说酒壮怂人胆，时间也冲淡了隔阂，那天晚上我们捅破了最后的那层纱。

苦涩又甜蜜的爱情

他问我怕不怕跟着他过苦日子，我安慰他说：

"连死都不怕的人，又怎么会怕苦？"

我看到他在夕阳下冲我得意地笑，

夕阳的余晖把他的笑容染成了金黄色，

他那流着汗、湿漉漉、黝黑的皮肤在阳光的映照下，

更加好看了。

所有的适合都是两个人的相互迁就和改变。没有天生合适的两个人，朝着共同的方向努力，就是最好的爱情。

我的愿望一直都是拥有简单的幸福，像普通小夫妻一样，两个人白天在外上班，晚上回家后一起买菜做饭、遛狗散步、窝在沙发上看电视，再相拥而眠。然而总是事与愿违，时间一天天过去，我的病越来越严重了。

刚到他家的时候，我还能自己出去买菜，独自逛超市，还能站着切菜、炒菜。可现在病情加重，我也感到自己力不从心，连站起来都很吃力，有时候只能坐在轮椅上。我甚至能感觉到生命正从指尖慢慢地流逝。我很难过，之前孤单一人还无所谓，毕竟对这个世界无牵无挂，可是现在我又怎么能放下丁一舟？在和我成为情侣之后，他发疯一般给我想办法治病，几乎花光了他的积蓄，可是我的病仍不见起色。

因为从小就看到妈妈饱受病痛的折磨，我知道这个病是治不好的，一直都在劝他。而他听不进去，坚持说我这病一定治得好。通过查阅各种资料，再加上看到的其他患有小脑共济失调症的人的现实情况，最后他也渐渐明白了这一切的努力似乎是螳臂当车，治病所花费的钱也不过是杯水车薪，也接受了我的病情在不断恶化的事实。于是我们便开始学着放下一些东西，不再想着我的病，过好当下的日子便好。

生活很残酷，我们必须认清现实。我们决定改变原有的生活方式。他通过朋友的关系帮我找到一份英语老师的工作。为了可以与我上下班时间同步，他辞掉做了十年的高薪工作，改做业务员。这样，时间上会比较自由，同时，也方便接我上下班和照顾我。这样一来，工资骤减，月收入一下子从七八千变成了一两千。

其实他辞去工作我是极力反对的，这一举动也遭到了他家人朋友的反对。怎么会有人傻到放弃稳定又高薪的工作，而且还跟一个身患绝症的女人在一起？简直是无法理喻。

丁一舟也是倔得十头牛都拉不回来的性格，而且他是风风火火说干就干的性子，速度快到让人连劝他都来不及。

他的妈妈是很反对我和他在一起的，因为我们俩"门不当户不对"。可是丁一舟很坚决，说什么都要和我在一起。

其实我也挺难过的，我完全能够理解他妈妈的做法，毕竟没有谁的母亲希望自己的儿子和一个残疾人在一起。

我劝丁一舟，要不我们还是分手吧。他什么都听不进去，说不会抛下我。我虽然愧疚自己什么也做不了，但生活还是要继续下去，不是吗？

丁一舟的妈妈又来劝说他和我分手了。为了阻止我们在一起，丁一舟的妈妈甚至说要和他断绝母子关系。我一下子慌了，但是丁一舟那副无所谓的样子，真的蛮执拗的。

他问我怕不怕跟着他过苦日子，我安慰他说："连死都不怕的人，又怎么会怕苦？"他紧紧握住我的手，仿佛是在诉说要和我同甘共苦的决心。

那天，我们三个人的态度都很坚决，场面一度陷入尴尬。为了能够从根本上解决问题，我还是决定和丁妈妈好好聊一聊。当天晚上，我让丁一舟别偷听，这是我们婆媳之间的小秘密。他妈妈其实并不是那种死板的人，只是无法接受我像个累赘一样依赖着丁一舟。

我向她表示，我不是个累赘，自己能完成的事情都不会让丁一舟帮忙。即使他现在要和我分手，我自己独立生活，也能活得好好的。见我这么说，丁妈妈的态度也缓和了，她说："我只是希望他生活美满，不要这么辛苦，既然他的本意是这样，那我也没什么好说的。"我开始讲起自己的病，在没有发病前是可以正常行动的，发病后肌肉渐渐萎缩，也从没想过要依赖丁一舟，只是爱情如此，我们在一起其实是快乐的。

后来丁妈妈还和我聊了很多，从她口中我也了解了很多丁一舟不为人知的秘密。那天晚上过后，丁妈妈和我们的关系缓和了不少，也不再提反对我们在一起的事了。丁一舟说："老婆，真的佩服你，是怎么说服我妈的？太厉害了。"我神秘一笑："这是不能说的秘密。"

凡事都有两面性，虽然他换了工作，更方便照顾我了，但接踵而来的问题更多。

高额的房贷我们开始还不上了，所以不得不搬到乡下去住。而他之前的房子则以租养贷。

最后连我们的交通工具都换成了最原始的自行车，生活质量直线下降，我开始后悔我们的决定，我甚至开始怀疑他放弃那么多都要和我在一起的意义。原本他有着更好的工作，他可以有个健康的伴侣，可以有美满的家庭，也比现在富裕得多。可是为了我，他把这些都放弃了，我更愧疚了，我真的成了他的累赘。而他却毫不在乎，还安慰我说比起物质，我更珍贵。

难道真的有人会什么都不图，拼命地对你好吗？我认为除了父母好像没有人可以做到如此，可丁一舟颠覆了我的认知，原来真的有人和我毫无血缘关系却无条件对我好。我把这称为血浓于水的爱情，我们不是亲人，却也胜似亲人。

之后，我们开启了每天长达十公里的骑行。有一段路，我至今还记得。那段路不长，由于正在维修，一到下雨天就积有没过小腿的水，如果不下雨，那条路就会被灰尘笼罩。每次走过那段路，我们都会像两个泥娃娃一样，可以从身上抖出一斤的泥。晚上也没有路灯，黑暗中我们借着微弱的手电筒的光走过那段路。有时候路上会有小石子，丁一舟看不清，自行车的颠簸把我们震得屁股生疼。但是我们并没有因此苦恼，而是在吃了一嘴灰之后还互相嘲笑对方谁更像泥人，幼稚得像两个小孩。时光仿佛倒流至十几年前，回到小学时期，那时丁一舟也常和我斗嘴。

虽说日子过得艰苦些，但我们的感情并没有被生活的一地鸡毛所冲淡，反而与日俱增。我们不仅是情侣，更像相互搀扶的亲人。

有一天，我们两个都休假，我正在家里做一些我力所能及的家务，他忽然像发现 UFO 一样在屋外叫我："老婆！老婆！你快出来看！"

我被他吓了一跳，以为发生了什么意外，以最快的速度，扶着轮椅冲了出去。我看到他在夕阳下冲我得意地笑，夕阳的余晖把他的笑容染成了金黄色，他那流着汗、湿漉漉、黝黑的皮肤在阳光的映照下，更加好看了。

我正疑惑着，他忽然把自行车往后推，推到我方便看到的地方，开始得意扬扬地介绍起他的"大作"。原来是他对自行车进行了大改造，给自行车的后座加上了软座包。

我们小时候都坐过父母自行车的后架，中间镂空会硌屁股，很难受。我小时候的梦想就是能坐上这样升级版的自行车后座，想必他是觉得自行车的颠簸会把我震得不舒服才加了个软座包，他还很细心地在自行车后座的两边加了脚踏，为了让我更好地保持平衡。

在自行车的车头，他还加装了手电架和手机架。手电当然是用来走夜路照明的，因为我有时候上课要到晚上。手机架的作用就是可以用手机导航，虽然是在我们的家乡，但是有些小路多年都不曾走过，总会有些陌生。我们有一次还因为抄小路走，竟然迷路了。

那天我很晚才下班，丁一舟照常来接我。为了快一点到家，丁一舟决定抄小道走近路，还打包票说这段小路他小时候经常走，一定不会出错。可是我们兜兜转转绕了半天，路旁的景色越来越陌生，我心慌了，赶紧提醒丁一舟："怎么好像越走越远了？"他也觉得不对劲，连忙停下来。

他拿出手机想看导航，可当时网络并不是很发达，像这种乡间有些地方手机信号很差，地图也打不开，我们只得原路返回，走了大约十分钟才终于有了信号。后来是我坐在后面拿着手机"指挥"丁一舟，才安全回到了家。后来丁一舟还笑着说："差点就到山里当野人去咯。"

丁一舟还在自行车的两旁加上了射灯，随着车轮的转动，就像是演唱会的激光灯一样闪耀，他说希望我们一路有这灯光伴随，能越走越精彩。他车上的灯在黄昏下一闪一闪，仿佛在告诉我这个男人会像父亲那样宠着我。

我笑着听他兴致勃勃地介绍"大作"。认真的男人是最有魅力的，他在我心中熠熠生辉，我觉得他是全世界最厉害的人，虽然他只是改造了一辆自行车。

在和我相关的事情上，他把注重细节的特质发挥得淋漓尽致，生怕我有一丁点儿不舒服。我自然是满满地感动，被丁一舟的爱包围住的我，像个公主。而他则像披荆斩棘的护卫，让我有所依靠。

我想，他应该是我生命中的贵人。如果我的病是我的不幸，那丁一舟就是我的幸。即使上帝给了我病痛，也没忘记眷顾我，派了丁一舟来照顾我。

日子虽然艰苦，但却充满了快乐。有一次，他接我下班，刚到学校门口就开始下雨。雨时大时小，我们等了一会儿，突然不知哪来的勇气，很有默契地同时说道："不等了！"要等雨停，不知要多久，与其焦虑地等，不如直接冲出去。

于是，我们俩像小时候不爱撑伞的孩子一样冲到了路上。刚开始是小雨，我还有点儿失望，难得任性一回，这雨还不够尽兴。可是，当我们走到半路，雨下大了，噼里啪啦一顿砸下来，我们都被淋成了落汤鸡。雨打湿了眼睛，根本张不开。迫于无奈，只得在一间小房子的屋檐下躲雨。此时的他在我眼中多有男子汉的英雄气概啊！雨水顺着他的头发一滴滴落下来，旁边路灯的光透过他的湿发，折射出五颜六色的光。虽然逆着光，我还是看出了他脸上的疲惫。

他一边兼顾工作还要一边照顾我，确实很不容易。我突然很心疼他，他不过和我一样的年纪，却要承受这么重的负担。

雨水淋湿了衣服，紧贴在身上有些冷，我打了个冷战。他弯下腰来握住我的手，滚烫的暖流一下子就传入我的手心，感觉也没那么冷了。

他看着我，忽然感慨道："贫贱夫妻百事哀啊。"

我笑他，说："至少，现在我们还有对方啊。"

他低着头没再说话。我们陷入了沉默。唯有雨声还在滴滴答答地响。

我们静静地等着雨变小，谁也没有打破这沉默。但是我们心意相通，即便遇到再大的困难也要一起走过，这才是同甘共苦，才是我们选择在一起的意义。

虽然我们家里唯一像样的家具是个衣柜，唯一的大型电器是电饭锅，日子过得艰苦，但这段时光仍然是我们最开心的日子。这些细碎的小事是我们生活在一起时温馨的回忆，这些回忆甜蜜且真实，每次回想到这些小事，我都会露出欣慰的笑容。

我时常在想，人生何必如初见，但求相看两不厌。时间若是能暂停就好了，这些细微的美好就会一直封存于此。

可这样的日子并没有维持多久，因为教小朋友英语课，发音是件很严谨的事，而我的发音随着病情的恶化，越来越不标准了，所以，我被辞退了。我真的很懊恼，现在连分担丁一舟压力的工作都没了，原本就不富裕的家庭更是雪上加霜。

我又开始了居家的生活状态，连有些家务都做不了。而他却更累了，恨不得一分钱掰成两半来花。日子过得紧巴巴的。更可怕的是，我的身体因病重慢慢丧失了活动能力，我只能躺着或者是坐在轮椅上，想站起来需要费很大的力气，以前还能稍微干点家务，现在却什么事儿都做不了，活得像个废物，只能眼巴巴地看着丁一舟奔波操劳。

这样的日子很煎熬，我每一天都过得很压抑窒息，睁眼是地狱，闭眼是噩梦。我看不到未来和希望，也不知道接下来的日子该如何过下去。

多想在我身上有奇迹发生，如果这只是我的一场梦该多好，醒来我就能够像正常人一样站起来，能走能跳，行动自如，而不是像现在这般动弹不得。独自在家的日子很无聊，没有人陪着说话，我听着窗外的鸟儿在叫，向往着家以外的世界。

丁一舟好像看穿了我的心思，时常安慰我不要杞人忧天，虽然日子难熬了些，不是还有他和阿宝陪着我吗？如果想出去就等到晚上他下班回来，带着我出去散散心。心态好比什么都重要，更何况现在还活着，至少还没有到最糟糕的地步。

听他这么说，我宽慰许多。每天在家的日子就是和阿宝说说话，盼着他下班。

世间万物变迁，自古福祸相依。在我们都以为命运的壁垒牢不可破，生活会一直这样绝望下去的时候，突然出现了转机。

计划　走心之旅

我猜想这是他的旅行计划，
只是没想到他还挺浪漫，居然想到要把路线连起来变成心形。

人生总要有一些说走就走的旅程，

不任性一回，

都不知道旅途中的风景有多么美妙。

趁心情正好，趁年华不老，

生活不止眼前的苟且，还有诗和远方。

大自然真的很神奇，灿烂的阳光给人带来好心情，阴霾的雨雾又会让人伤感。我们一生会看到无数次日出和日落，也会经历很多次阴雨迷蒙。

我一直很喜欢河流边大片的草原和成群的牛羊，这是一种大自然原生态的开阔静美。这种场景对我来说是一种奢望，出远门都不方便，更何况是一场旅行。

而我和丁一舟说走就走的旅行就是在这时候萌生的。

有一天晚饭后，丁一舟像往常一样推着我出门，带着狗，在村子周围的空地散步。他在手机上看刚刚更新的动画片，阿宝和小黑则拉着我的轮椅慢悠悠地走着。

小黑是丁一舟收养的一条残疾罗威纳犬，经过训练，小黑已经能很好地配合阿宝拉着我的轮椅遛弯了。所以他放心地看动画片，还不时傻笑，像个孩子。

我们就这样慢悠悠地走着，刚出村口转了个弯，一束夕阳便直直地打在我们脸上，我瞬间被眼前这绚丽的一幕吸引了。那时刚入秋，晴空万里，火红的落日正好嵌在地平线上，夕阳的周围晕染出金红色，整片天空也散发着橘色的光，非常壮观。

世界上没有两片一模一样的云彩，同样的风景也不会出现第二次。

这段时间，丁一舟每天推我出来散步。我们见过很多次落日，可是从未见过像今天这般壮丽的景致，这算不算生活带给我们的意外惊喜呢？

我们停下来尽情地欣赏这难得的美景，阿宝和小黑在旁边追赶着田间的蝴蝶。那只蝴蝶忽而飞远，忽而又停落在小黑的鼻子上，惹得小黑打了好几个喷嚏。晚风吹拂，我眼里尽是笑意。

他举起手机不停地找角度拍照，想把这一幕记录下来。但是很快太阳就落到了地平线以下，他还意犹未尽，不禁感叹"夕阳无限好"。刚说了上半句，他就顿住了，然后看向了我，我也同时在看他，时间仿佛凝固了。我知道他是因为后半句联想到了我，怕我难过。我笑了笑说道："没事，你继续。"他看着我叹了口气，然后弯下腰给了我一个大大的拥抱，亲了一下我的脸颊，没有再说话。

其实我并不是特别敏感，对于病痛，我已经能够坦然面对。但他还是处处为我着想，生怕伤了我的自尊心。与其纠结害怕，不如放宽心过好每一天。这世间有太多的美好，眼下即是最好。那天我们看了好久的夕阳，直到天完全黑透，最后一缕残阳都消失了，才恋恋不舍地回家。

一路上，我们还在感叹着大自然的鬼斧神工，只是一场夕阳西下，就美得如此惊心动魄。在其他地方也会看到如此的美景吗？这个问题过于哲学性，我和丁一舟争辩了半天也没讨论出结果。

回到家，他翻出了刚才拍的照片。其中有一张阿宝和小黑一起拉着我迎着落日走在路上的照片。我凑过去看，"没想到你还挺有摄影天赋啊！"他得意地回答："那当然，有我这样的御用摄影师，能拍得不好看吗？"

听到夸奖，他颇为得意，美美地抱着手机欣赏着他的"作品"。

看了很久，不知道触动了哪根筋，他随口就冒出来一句："我们去旅行吧。我和狗狗带着你一起去，总比你在家等死的强。"

我愣住了，然后质疑道："开什么玩笑，现在咱们都快揭不开锅了，拿什么旅行？"

我继续说："难道你要推着我走路游遍全国吗？想想这都是不可能的呀，更何况我们根本没有野外生存的能力。"

他沉默了。眼下我们的生活真的太困难了，巧妇难为无米之炊，连温饱都成了问题，我们又拿什么作为资本去旅行？我劝他打消这个念头，旅行又不像出门散个步那么简单。半晌，他回答道："我们可以徒步去，你坐在轮椅上，它俩在前面拉，我在后面推，我们就是你的双腿。趁现在还有时间，不然以后你完全瘫痪了，就真的哪儿都去不了了。"

自从没了工作在家待着，我已经慢慢习惯并接受这种日复一日枯燥难熬的日子。每天无非就是看看书上上网，擦擦桌子洗洗碗，晚上出来散步已经算是一整天的运动量。

其实他的想法还是挺好的，如果我没有后顾之忧，一定立马答应这个提议，可是暂且不说我的身体能不能撑得下去，现在我们所有的积蓄凑在一起也不超过一千块钱，总不能不吃饭吧？

"要是我们在路上没钱了，怎么办？"我抬眼看着他。

"没钱了就挣呗！我有手艺，饿不死你的。走到一个地方就在路边摆摊，理发也可以，卖东西也可以嘛！实在不行，就把你的轮椅往路边一摆，我跪下，讨饭！"他说着就笑了起来。

"讨厌！"我被他逗笑了，拍了他一下。说实在的，这个提议我当时觉得是不可能成功的。我基本上什么都做不了。他负担又那么重。他是一个很有想法的人，而且雷厉风行，想到的事情基本上都会去尝试。我觉得不可能，但他似乎干劲十足，自顾自地开始计划，当晚就去了网吧查资料。

这天晚上他没有回家。我给他发消息问他什么时候回来，干什么去了，他却神神秘秘地说："明天再告诉你。"我虽然很疑惑，但是眼皮子已经开始打架，迷迷糊糊就睡着了。

第二天早上，我被连续响起的 QQ 提示音吵醒，睡眼惺忪地拿出手机，打开一看，是他发过来的中国地图，还有一段一段的攻略和时间计划。那张地图上，有他仔仔细细用红色标记规划的路线，连起来就是一个心的形状。我不明白这是什么意思，于是发了几个问号过去，可是，他已经下线。难道他一整个晚上就做了这个吗？我看着这张地图，看得出来上面的攻略和标记十分用心，这家伙做起事来倒真的不含糊。

我猜想这是他的旅行计划，只是没想到他还挺浪漫的，居然想到要把路线连起来变成心形。不过他还没说清楚就下线了，我只好乖乖地等他回来再问。他很久才回来，还像个小孩藏着礼物那样，要我猜他画那个地图干什么。我的心里面已经猜到了七八成，这是他要带我去的地方，但我假装生气，说："不说就算了，反正我懒得猜，哼！"

他被我这么一激，就憋不住了，把他的计划全盘托出。原来他打算带我在中国地图上走出一个心的形状。果然如此，我心里一阵温暖，瞬间眼眶就红了。这个大直男，总是那么容易让我感动。他又说着他的计划，要带我去看每个地方不一样的夕阳，肯定比我们昨晚看到的还要美丽壮观。觉得这一切不可能的我，被感动得松了口，同意了他的提议。

看着他神采飞扬地说着自己的计划，我的心好像被填满了，一种前所未有的幸福感，让我感到踏实又安心。

从未想过会有人这么在乎我。我曾说过很喜欢草原和成群的牛羊，那场景只在网上看到过图片，也不奢望有一天能亲自感受。可现在我们居然决定要去旅行，我不由得开始充满向往和期待。

我在电视上看到过拉萨的布达拉宫，真是神秘又壮观。听说藏族同胞都很热情，如果是客人远道而来，会载歌载舞迎接宾客，献上洁白的哈达，这是至高无上的礼遇。藏族的婚礼也是很特别。我有时甚至会期待自己的婚礼也是藏族婚礼，算是一个小小的梦想吧。

于是我们像两个小孩那样开始商定何时出发，幻想着我们可能会看到的沿路风景，会遇到的人和事。我们会一起到北方去看雪，一起看流星划过夜空，一起看飞鸟与鱼相遇……这天晚上，我们很晚都没有睡，对未来充满了期待，即使还没确定什么时候出发，即使我们口袋空空，即使去旅行后生活会更艰苦，但是我们都不在乎。原来和相爱的人在一起，无论做什么事，都是如此浪漫。

时值初秋，往后会越来越冷。我犹豫着，和他商量要不等天气暖和些再去，毕竟别的地方可能没有广西这么暖和。可他说什么都不同意，好像旅行的事儿刻不容缓。我拗不过他，无奈只好答应，又商量起出发的日子。

他提议 1 月 23 日出发，比较有意义。因为 1 月 23 日是他的生日。他想让我重生，把以前的那些不愉快统统忘记。但是对我来说，有他陪伴的每一天都是幸福的，什么日子出发都无所谓。

我说："你想什么时候就什么时候吧，你想明天出发都行。"

"生活得有仪式感，我可不是随便的人。"他笑嘻嘻地说。

人生总要有一些说走就走的旅程，不任性一回，都不知道旅途中的风景有多么美妙。趁心情正好，趁年华不老，生活不止眼前的苟且，还有诗和远方。

经过商定，我们把出发的日子定在了 2015 年 1 月 1 日。寓意为新的一年，新的开始。

年年岁岁朝暮间，朝朝暮暮很多年。我和丁一舟、阿宝、小黑就要迎来崭新的生活了，这件事儿想想就令人振奋。可没想到意外又发生了，这是我们这辈子都不会忘记的日子，悲伤又沉重，回忆起来便压得人喘不过气来。

带走的不止小黑

都说狗是人类最忠诚的朋友，现在我们失去的不仅是
一位忠诚的朋友，更是不可或缺的家人。

后来遇到过很多和小黑长得很像的小狗，

可它们都不是我的小黑。

如果世间有轮回，

我希望小黑下辈子一定做一条幸福的小狗，

有温暖的窝，不会挨饿，

不会有从出生便伴随着的残疾，更没有可恶的偷狗贼。

养过宠物的人都会把宠物当作家里的一分子。我们和阿宝、小黑也有着深厚的感情，阿宝和小黑虽说是狗，却和我们像家人一般朝夕相处，谁也离不开谁。而且阿宝和小黑都是乖巧、听得懂我们说话的毛孩子，每天拉着我散步，给我的生活带来不少方便，懂事得让人心疼。

我们的旅行计划里也是有阿宝和小黑的。两个人两条狗，丁一舟在前面带路，小黑和阿宝一左一右拉着我的轮椅，而我在后面"指点江山"，拖家带口徒步旅行，想想就觉得是一件很酷的事。而且小黑和阿宝就像我的左膀右臂，在我不方便活动的情况下帮助了我很多，我很庆幸有这么两只小狗照顾我。

我们原定路线是北上从湖南、湖北走到北京，但是北方冬季严寒，我又很怕冷，丁一舟考虑再三，把路线改成从南宁转向温暖的云南，再去西藏。而我的朋友和高中同学基本在南宁方向，既然是出去旅行，不如顺道去找他们玩。我们就这样在出行前把计划修修改改了好多遍，因为有太多的不确定因素，所以准备工作更要做好。

出发日期和基本路线都确定了，接下来的两个月，丁一舟一边工作一边筹备着路上的各种装备。我至今记得他仅用 800 块钱就搞定了我们一路上的装备。先是从网上买了两个强光电筒、两个太阳能充电宝，晒了两三天，先试验一下，确保可行性。然后又去军供站买了两床行军被、一顶帐篷。在我们出发前，他把帐篷搭起来用水淋透，来检验这个帐篷的防水性。

　　他只给自己买了一件迷彩服，却帮我买了冬天保暖的衣服、裤子，还有一双带毛毛的小鞋子。我赞叹他的细心与强大，每一件事都能想得周到，也被他像父亲般的呵护所感动。我是一个女生，却没有他细心，真的自愧不如。

　　他却说一切都交给他，我只需要等到出发的日子，快快乐乐地游玩享受就可以了。

　　为了更方便出行，他自己设计了轮椅的改装方案：在轮椅后面焊了一个不锈钢的架子，可以用来放桶装水；把轮子换成了山地车的轮子，为的就是坚固和适用性更强；他还为我在轮椅上加了一把很大的遮阳伞，用他的话说就是出大太阳了可以用，下雨了也可以用，一伞多用。那时候的他每天下班后一有空就研究各种改装，简直就是无所不能。

　　看着他满头大汗地弄这弄那，而我又帮不上什么，我心里有些愧疚，但他却说："你在旁边犯花痴就好。"那一刻我突然明白，他为了我而改变，以适应现实生活中各种的需要。而我要做的，就是摆脱物质烦扰，只需变成他理想中的样子。所以从那一刻起，我变成了他的"小迷妹"。他在忙着，我就在旁边看着，有时随便夸他两三句，或者给他擦擦脸上的汗，他也十分享受有个"迷妹"崇拜，更加干劲十足，干起活来又快又好。

　　时光飞逝，离我们约定出发的日子越来越近。但很不幸，悲剧发生了。就在出发前十天，那个我们永远无法忘记的意外发生了——阿宝的搭档小黑，被偷狗贼用毒镖射杀！小黑口吐白沫，浑身发抖地跑回家。

在农村有很多土方子，说是多喝水或者牛奶能让毒性减弱。我给小黑灌了很多水，希望能够冲淡毒性，但这显然行不通。我很着急，阿宝更是急得围着小黑转。现在丁一舟不在家，我又没法带小黑出门，只能给丁一舟打电话，让他赶快回家，可是小黑已经快不行了，连简单的喘气都没办法完成。

终于等到丁一舟回到家，我把情况简单地和他说了，这时小黑只剩下最后一口气了，随时都有死去的可能性。他仔细检查了小黑，回头直接把我和阿宝都关进了房间，然后带着我们仅剩下的500块钱，着急地抱起小黑就往村口跑。当时我们没有交通工具，自行车拉不动，一般的客运车辆又不愿意拉狗。听他说最后是一个好心的三轮车师傅帮忙，才把小黑拉到了宠物医院。但是可惜，经过了好几个小时的抢救，小黑最终还是没有救回来，永远地离开了我们。

永远无法想象小黑当时有多么痛苦，早上还是活蹦乱跳的样子，转眼间便一动不动了，一条鲜活的生命就这么从我们眼前消逝。我一辈子都痛恨，这个世界上怎么会有这么恶毒的人，连这可怜柔弱的小生命都容不下吗？

当时我在网上查了资料，偷狗贼用的毒镖毒性很强，有些小狗只需要几秒就毙命，小黑很有可能撑不过来了。我明明很清楚这一切，可是还是抱着希望，祈祷小黑能够平平安安，等到它回来，又是活蹦乱跳爱撒娇的小狗子。这时我已经忍不住开始流泪了，可是丁一舟那边完全没有消息，他只让我放心，我又怎么能放心，只能忐忑不安地等着。

当他红着眼睛抱着小黑回来的时候已经是半夜，刚进门就一下子坐在了地上。他双手抱着头，一句话也说不出来。阿宝冲上去闻了闻小黑的尸体，昔日一起玩闹的伙伴就这样躺在冰冷的地板上一动不动，阿宝似乎明白了什么，仰头像狼一样长啸了一声，然后不停地抽泣。看到这一幕我也忍不住了，放声大哭起来，直到哭声引来了房东。房东说不过一条狗而已，再买一条罢了，不值得这么哭。

我的心更痛了，这个世界上怎么会有如此冷漠的人，我又想到自己的不方便和拒绝接载的客车，如果小黑早一点到宠物医院，是不是就能抢救过来了呢？我斥责老天爷的不公平，为什么把我的命运安排得如此坎坷。都说狗是人类最忠诚的朋友，现在我们失去的不仅是一位忠诚的朋友，更是不可或缺的家人。明明十天后我们就要一起去旅行了啊，为什么老天总是这样无情，把它从我的身边夺去？

丁一舟也很难过，在小黑的尸体旁，我们抱头痛哭。他拍拍我的背安慰我说："小黑只是提前去了天堂，不要太难过了。"而我除了哭，半个字都说不出来。

我又想起了往日的点点滴滴，小黑帮我拿东西，拖着我的轮椅拉着我散步，摇着尾巴叫我起床，还总喜欢用湿漉漉的大鼻子蹭我的手。

记得有一回晚上，我们正吃着晚饭，突然"啪嗒"一声，周围变得一片漆黑。我按了几次电灯的开关怎么也亮不起来。"应该是电闸跳闸了。"丁一舟说完便打算去外面看看,我推着轮椅也准备跟过去。

检查过后发现原来是线路短路了,虽说修一修就能用了,但是现在外面已经天黑了,不打开手电筒完全看不到。丁一舟负责修,我负责给他递工具,那谁举着手电照明呢?

这时小黑乖巧地坐在我旁边,冲着丁一舟手里的手电筒低声叫了两声,原来它明白了我们的为难之处。于是丁一舟把手电筒放在小黑嘴里咬住,我们仨默契配合,很快电闸就修好了,电灯又亮了起来。小黑高兴得不停转圈,摇着尾巴求我们夸夸它。

巨大的悲伤将我笼罩着,我还是无法接受小黑冷冰冰地一动不动,我又要怎么习惯没有它的日子呢!它再也不会回来了。我好不容易止住的泪又流了下来。丁一舟只能默默抱住我,其实他心里也很难受,只是男儿有泪不轻弹。

当晚,我们抱着阿宝一起睡。一会儿醒,一会儿睡。迷迷糊糊之间总是听到房间里有小黑那一瘸一拐的脚步声,甚至感觉它又咧着大嘴在床边舔我的脸。但是每次醒来,开灯就看见小黑的尸体靠在墙边,眼泪又忍不住往下流。直到天亮,我们把小黑埋在了经常去遛弯的那块空地旁边,那天是 2014 年 12 月 21 日。

时间会模糊记忆,冲淡悲伤,小黑的模样在我的脑海里已经不是那么清晰了。但它和阿宝拉着我散步,在田间捉蝴蝶、兴奋撒欢的样子我一辈子都记得。

之后每次回柳州，我们都会再去那块空地看看它。不养狗的人真的不明白人和狗这种动物的感情可以达到什么程度。小黑从小残疾，走路一瘸一拐。我们收养了它，还教会它很多东西。而作为回报，它会在丁一舟不在家的时候和阿宝一起照顾我的生活，帮忙拿东西拖轮椅，从来没有出过错，也没有伤害过其他的小生命。

在一定程度上小黑就是我的左膀右臂，但是却被歹人以一己私欲，无情地"砍断"了。现在想起来我依旧恨得咬牙切齿，同时为小黑感到悲伤。可是死后不能复活，我除了惋惜小黑的离去，也没有别的办法。

小黑刚离世那几天，我们都很不习惯，吃饭时也习惯性地看看脚边，是不是小黑也在旁边眼巴巴地等着我们给它喂吃的呢？我们也没有像往常那样去散步了，因为会想起小黑拖着我的轮椅的场景。这时我又忍不住哭起来，如果小黑还活着，也一定很想跟着我们一起旅行吧？

后来遇到过很多和小黑长得很像的小狗，可它们都不是我的小黑。如果世间有轮回，我希望小黑下辈子一定做一条幸福的小狗，有温暖的窝，不会挨饿，不会有从出生便伴随着的残疾，更没有可恶的偷狗贼。

我和小黑到底有多深厚的感情？直到现在小黑还时不时出现在我的梦中，和以前一样咧着个大嘴，拖着我的轮椅，在田坎上兴奋地奔跑着。我时常看着小黑的照片出神，好想再次摸摸它的头，告诉它我很爱它，或许就没这么遗憾了吧。

　　写这一篇的时候，眼泪多次在眼眶里打转。如今已经过去六年了，还是不能忘却它那双到死都没有闭上的眼睛。小黑依然是我们心里的痛。小黑，我们想你！

一抹背影携梦前行

他的背影怎么那么好看，
给我一种能抵挡一切风险的安全感。

一个男人的背影到底像什么？

如果他是一个父亲，那背影有的就是宠爱和责任；

如果他是一个丈夫，那么就是勇敢和担当。

而丁一舟的背影，不仅是丈夫，更有着父亲般的宠爱和责任。

或许这就是让我沉醉的原因吧。

有他在，我从来不会有担忧。

逝去的人带走的是牵挂和留恋，而活着的人感受到的是无尽的思念和痛苦。我们能做到的就是好好地活着。

可是新的状况又出现了。小黑走后的第二天，我们就发现了问题，之前阿宝和小黑拉着轮椅的时候，它们之间很默契，小黑往左边拉，阿宝往右边拉，所以才能让轮椅保持平衡，不会偏斜。现在小黑不在了，阿宝自己拉着轮椅，它始终是习惯性地往右边偏。

由于受力不均匀，阿宝会把轮椅拉偏到一边去，它自己也经常被绳子缠住腿，还差点把我连人带轮椅一起拐到沟里去。就算丁一舟在后面把握方向也做不到按直线前行。我们想了各种办法，都没法让阿宝走直线。无奈之下，最后只能让丁一舟骑着自行车代替了小黑的位置，和阿宝并排拉轮椅才能正常向前。所以才有了我们刚开始出行的时候那种让人诧异的画面。

在人生的道路上，我们难免受到别人的质疑，这或许会让我们动摇。但我想说的是，一辈子那么长，不要因为外界的质疑就放弃了自己的理想。路是自己走出来的，一百个人有一百种说法。趁着还年轻，抓住机会尽情地去闯荡吧。我们要徒步旅行的事情一直是秘密计划，筹备期间只有我和丁一舟知道，没有告诉其他人。日期临近，我们打算告诉朋友们。

12月31号，朋友约我们一起参加跨年聚会。聚会时我们公布了我们的旅行计划。朋友们纷纷表示这是个不可能完成的事情，我们向他们解释，我们已经做了充分的准备，且明天一早就要出发。直到散会他们都还是一脸的不相信，使劲地劝我们，有人甚至指责丁一舟："你一个人去哪里都可以，可是要带着她……"我开始有些动摇了，这个决定真的正确吗？而他则是一脸坚定的表情，说了一句在那种场合下让我觉得很男人的一句话："开弓没有回头箭。"没有半点犹豫，有的只是坚决。丁一舟真的很有男人汉气概，这种坚毅的神情我常常在他脸上看到，这更让我折服，我变成了他忠实的小迷妹。

聚会散后我们回到家，当天晚上我们没有睡在床上，而是选择睡在了帐篷里。他说就当提前适应旅途了。那也是我这辈子第一次睡帐篷。以天为被，以地为床，和睡在床上的感觉是完全不一样的，让我觉得很没安全感。在我的脑海里，莫名浮现了奇怪的野兽，怕我们一睡着，它们就会袭击我们的帐篷。丁一舟搂住我，告诉我别害怕。有他在我身边，我才稍稍放松了些。

这一晚我睡得并不好，紧张的情绪使我又做起了噩梦。这个梦稀奇古怪的，有逝去的亲人、鬼怪，甚至还有小黑。

第二天一早，天刚微微亮，我就醒来了，我们收拾完东西按照计划出发。虽然夜里睡得不好，顶着两个黑眼圈，但我的心里无比兴奋和激动，即使不知道要去哪里。其实，我喜欢未知，喜欢探索一切神秘的未知。我们就像两个冒险家去探索未知的世界一样。因为这个世界不是任何人的，我们对于这个世界来说不过是沧海一粟罢了。

在他身后，我只能看到他行走的背影，清晨的阳光洒在他的身上，显得特别有朝气。我坐在后面的轮椅上，像个花痴一样地笑。因为，我知道从这一刻开始，我就要跟着我爱的他浪迹天涯了。

我突然就想到"人生得意须尽欢"这句诗。人生不过短短几十载，能够像我们这般任性的能有几个人，瞬间觉得我们的决定太正确了，我真的为丁一舟感到骄傲。

清晨的柳州，被柳江环抱着。柳江的水缓缓流淌着，就像一位老人在娓娓地诉说着很久很久以前的故事。江面上氤氲的水汽像少女披着的轻纱，那么轻盈，把阳光的七彩颜色折射出来，美不胜收。

我们走在柳江边。丁一舟和阿宝一起卖力地拉着我前进。我被掩映在他深深的背影里。他的背影怎么那么好看，给我一种能抵挡一切风险的安全感。同时这背影又有种落寞的感觉，如果配上被风吹落的黄叶，就像漫画里萧瑟的背影一样孤寂，让我感到熟悉，那种熟悉的感觉来自少年时期。

我仔细地在脑海里搜寻，原来我以前是注意过老丁的，但是后来为什么又没感觉，我不是记得很清晰了。用他的话来说就是我当时早恋了。我对他小时候的印象，其实并不是很多，但我们回忆起来却又都如数家珍，于是便开始边走边聊起了小学时的事情。

我们是小学三年级的时候的同桌。那时他的学习成绩不怎么好。班级里也不知道从哪里来的风气，那些学习成绩比较好的女生都不愿意跟学习不好的同学说话。只有我总喜欢和他吵来吵去。也许是我给他带去了友谊，让他暂时没有那么孤单，所以他挺喜欢那时的我。而我也特别喜欢捉弄他，我们开心的童年并没有维持很久，便因为家里的一些变故结束了。细想起来，这种妙不可言的缘分一直萦绕在心头，挥之不去。

不知聊了有多久，我还在感叹着我们俩之间的那份喜欢到底是从什么时候开始的，忽然轮椅颠了一下停了下来，也把我从回忆里拉了回来。我的轮椅坏了，因为受不了太快的速度导向轮变了形。丁一舟停了下来，看了看四周，嘱咐我坐好，默默地向前走去。我看到远处的他拿了一根棍子回来。他走路带风的样子让我忍不住想，他少年时打架会是什么样的呢？会不会也像那些偶像剧里的男主角那么帅呢？会像古惑仔陈浩南一样勇敢又潇洒吗？

我又发了一下花痴，看着亲爱的他在正午的阳光下向我走来，眼神略带疲惫又充满了坚定。我在想象他会不会迎面给我一个拥吻，可惜他并没有，而是走到我面前就蹲下修轮子去了，看都没看我一眼。我有些气恼他的不解风情，转念一想，他本来就是这么直男，又豁然开朗了，他要是那么浪漫才怪嘞。

很快，他就把轮椅弄好了。因为导向轮坏了，在没有零件更换的情况下，他不能再骑行只能步行。我们的速度一下慢了好多。夜幕降临，我们刚好走到了柳州市出城高速公路的入口处，距离出发的地方三十公里。我们一天的行程，还没有走出柳州市的范围。天色已晚，我们便开始寻找可以搭帐篷的地方。

此时天边已出现稀疏的几颗星星，这里人烟稀少，南边很远的地方有两三户人家，窗口透出星星点点的光。这是我们流浪的第一天。我不禁感叹这是值得纪念的一天。而此时丁一舟还在想在哪里搭帐篷比较好。

我看了看不远处的高速公路，又看看正犯难的他，"要不，在桥底，怎么样？"我其实是想既然我们已经出来浪迹天涯了，不睡一次桥底，算什么浪迹天涯？

丁一舟想都没有想，立刻把我拉到了桥底，卸下行李开始搭帐篷。把帐篷门对着桥墩，自行车放在一边拦着，我的轮椅放在另一边。丁一舟就是这种风风火火、雷厉风行的做事风格。

阿宝精力十足，走了一天也不见累。牵引绳被松开后，它趁着周围没人，高高兴兴地撒欢去了。而丁一舟把我从轮椅上扶下来之后，出去捡了一堆柴火，很熟练地就生起火来，还调皮地说道："这都是小时候淘气，调皮捣蛋的事情没少干，现在在野外生火做饭就简单多了。"我听了真是觉得又好气又好笑，但却找不到任何反驳他的理由。如果小时候他不是那么贪玩的话，我也不会注意到他，可能就不会有今天的我们了吧，最后只能由着他自顾自地吹嘘。

我坐在轮椅上，看着他忙忙碌碌的，又是搭帐篷，又是生火做饭的，一股暖暖的幸福感油然而生。或许这一路上散落着一种叫"幸福"的东西，而我们旅途的主要任务就是收集这些"幸福"。

都说北方的冬天是物理攻击，而南方的冬天是魔法攻击，确实如此。南方的冬天非常冷，因为湿度相对较高，所以穿再多的衣服还是冷，取暖除了"靠抖"之外，也只能烤火了。

现在又是傍晚，寒气慢慢袭来，冷得我不停地搓手。丁一舟以最快的速度生好火，把我推到火堆前面，"来，烤烤火就不冷了。"他心疼地说道。

面对着火堆，我靠在他身上，吃着他精心挑选的干粮，和他商量着第二天的行程。

这时他的手机突然响了，是我们的同学K打来的。他说："看了老丁的朋友圈，想不到你们真的走出去了，我联系了其他的同学和朋友，一会就过来看你们，顺便送个行。"丁一舟听后激动得站了起来，立马答应了下来。他其实还是非常希望能得到朋友的认可和祝福的，昨晚在同学聚会时，大家的反对和指责让他心情有些低落。现在竟然有朋友主动来送行，丁一舟特别高兴。

然后他转身就开始收拾乱七八糟的东西。我大笑，这家伙还挺要面子。

我看着他忙碌收拾的背影，又一次沉醉了。在他身上，我不仅看到男子汉的气概，还看到责任和担当，给我满满的安全感。

不一会儿，同学们相继来了。那阵势浩浩荡荡，陆陆续续来了十多辆车。他们都是因为我们大胆惊人的举动而聚集来的。我们在帐篷外面的空地上重新燃起了一堆更大的篝火，然后围坐在了一起，就像小时候春游时一样。男孩子们拿出了食材开始烧烤，女孩子们则聚在一起聊天。

唯一不同的是，如今我们已经长大了，不用再偷偷摸摸地喝酒、抽烟、谈恋爱了。我忽然觉得长大真好。我们可以光明正大地做想做的事，随心所欲不受限制。

我们吃着烧烤，谈天说地。这一次没有人再发出反对和指责的声音。对于我们的决定和举动，朋友们纷纷表示祝福和支持，还说要是有什么需要帮助的地方，直接告诉他们就好，一定在所不辞。有些朋友还说，在此一别，都不知道什么时候再回来了，等再回来，可得找老同学们聚聚。

我有些欣慰，好像从未得到过这么多人的支持。这也更坚定了我和丁一舟旅行的决心。

男孩子们在讨论老丁的旅行包有多重，于是一个一个地过来试着背一背。包实在太沉了，有些男孩子刚提了一下就喘得不行，有些已经发福的男孩子干脆直接放弃。而老丁则是炫耀地摆了一个秀肌肉的姿势。我看着他的背影笑了。他在闹。我在笑。外界的喧嚣丝毫不能影响我，此刻我的心里和眼里只有他。

一个男人的背影到底像什么？如果他是一个父亲，那背影有的就是宠爱和责任；如果他是一个丈夫，那么就是勇敢和担当。而丁一舟的背影，不仅是丈夫，更有着父亲般的宠爱和责任。或许这就是让我沉醉的原因吧。有他在，我从来不会有担忧。

后来的旅途中，我每天都能看到他的背影，即便他的背影不算伟岸，可是在我心中，丁一舟就是顶天立地的超人。看着他的背影，我就能安心。爱不在于承诺，在于长久，在于不忘初心地携手前行。我想这辈子有丁一舟，也就足够了。

人生第一次采访

老丁笑着说："我这辈子还没被采访过，是不是要穿个白衬衫才行？"

穷游是困难的，

在我们的世界里，没有的东西太多，

有的只是两颗真心。

在物质上我们很穷，但在精神上我们很富有。

当你什么都不要求的时候，或许就是得到最多的时候。

俗话说，遇见都是天意，拥有都是幸运。我很欣慰我们能有这么多朋友，而且还那么热心。看着他们熟悉又带着笑意的脸庞，我被这种纯粹的友谊感动了。

透过燃起的篝火，我看见了我的高中同学泡芙小姐。泡芙小姐现在是柳州某报社的文字记者。她的写作水平在高中的时候就已经很厉害了，人还长得很漂亮。记得上高中的时候，泡芙小姐就是学校记者团的记者，她写的校园新闻都是十分有趣的，这自然让她少不了追捧者。以前她的理想就是成为一名记者，现在她如愿以偿。她绕过火堆，坐在了我身旁，问起了我和老丁的事。

对于我和老丁的重大决定，她很感兴趣，提出想对我们进行采访。

她小心翼翼地问我："明天早上可以来采访你吗？"

我回答她，当然可以。因为，这对我们来说没有什么值得隐瞒的。

同学小静是出现得最晚的一个，但她贴心地给我送上了一双手套，说："附近买不到什么漂亮的手套，你就凑合着用吧！"我忽然觉得好暖心。她居然能这么细致入微。所有朋友的面孔就如同那堆火一样温暖。吃饱喝足，朋友们祝福我们之后相继散去了。

我和老丁说了泡芙小姐想采访我们的事儿。老丁笑着说："我这辈子还没被采访过，是不是要穿个白衬衫才行？"他这话把我逗笑了，"你又不是什么大人物，还搞那么正式，人家就随便采访一下。"

其实我也没接受过采访，要不要做什么准备呢？又从哪儿准备起呢？我莫名地紧张了起来，像小时候第一次上台发言那样。

老丁还给我演示他明天该如何表现，那严肃的样子，好像是要做什么重大发言似的。他讲话的时候，眼睛亮晶晶的，真的太可爱了。

老丁熄灭篝火，清理了现场，就把我塞进了帐篷的最里面。而他则把阿宝的牵引绳套在自己的胳膊上，睡在了帐篷靠门的那一边。阿宝则是横在了帐篷口，用身体守护着我们。往后的这一路，它一直都是这个姿势。也许是因为太累了，老丁躺下就打起了呼噜。而我却因为太兴奋而睡不着，不知道是因为明天的采访，还是因为第一次在户外睡觉，但是因为老丁和阿宝都在，让我很有安全感。

以前，我总以为，有房子才是家。那一刻突然明白了，房子不是家。不管去哪儿，不管什么样的环境，只要和亲人在一起，处处都是家。

第二天早上，我们都被透过帐篷的阳光晒醒了。他推推我，让我起来穿好衣服。他先把我放在轮椅上坐好，然后转身过去收拾帐篷和被子。老丁从来不会帮我穿衣服，因为他觉得我现在还能动，还说让我自己穿衣服也能锻炼手臂，不至于让肌肉退化得太厉害，如果事事都帮我做，对我的身体非常不利。我也比较要强，所以患病以来，穿衣服这件事都是我独立完成的。

泡芙小姐如期而至，还带了个摄影师。考虑到在外面采访太冷，所以泡芙小姐很贴心地把我扶进了她的车里。于是，开始了一系列的采访。

接受了泡芙小姐的采访，我发现自己也没那么紧张，其实就是普通的聊天而已，何况泡芙小姐是我同学，我们说起话来就像是在唠家常。

泡芙小姐问我们，为什么会突然想到要徒步旅行，这几乎是不可能完成的事。丁一舟说："我想着她现在（的病）还没有严重到完全动不了，倒不如带着她去看看祖国的大好河山。"泡芙小姐又问了我们的旅途计划，我们拿出了地图，一一指给她看，我们的计划是走出一个心形，这是丁一舟对我的告白。最后，泡芙小姐也被我们的故事感动了，她感慨道："你们真的太有勇气了，祝你们这一路上平平安安的。你们的故事我一定会好好写下来的，放心吧。"

送走了泡芙小姐后，我们开始了新的旅程。

以前从没想过自己会出名，因为我一直是普通人的身份，突然受到社会的关注让我和丁一舟都感到很意外。

但是我没想到这件事会发酵得那么厉害，会爆发到登上个各大媒体的头条。不过，还好，大家都是先感性、后理性地来看待我们这两个为了自己"私奔"的家伙。我只是跟泡芙小姐简单地说了些我们一起经历的事情，以及我们为什么要出去走走。她的报道一出来，洋洋洒洒占了一整个版面。我被吓到了，写什么能写这么多？有很多小细节，我已经记不清了，只觉得泡芙小姐非常厉害。看着她写的文章，我有一种不真实的感觉，但这又是实实在在存在的，确实是我和老丁的真实经历。

我和老丁看着报道，很久才缓过神来。这时已经有很多网友找到我们的联系方式了，说要给我们捐款，给我们提供物资。

　　老丁把东西收拾好了，把我弄上轮椅，接着说："大清早的，跟大家问个好吧！来，笑一个。"我便扬起笑脸，然后傻兮兮地用双手在脸颊两边比了个"V"的手势。这张照片后来被"百度百科"选用来做说明照片了，早知道我就摆一个好看的姿势了。

　　泡芙小姐是第一个报道我们的人。因为她的报道，一时间很多媒体要来采访我们。我们意外地出名了，受到了前所未有的关注。很多热心的朋友要给我们捐款捐物，把我们吓了一跳。我和老丁商量了很久，所谓无功不受禄，我们并没有做出过什么伟大事迹，只是遵循初心罢了，最后决定不接受网友们的捐助。

　　虽然那个时候我们的兜里只剩下 200 块钱，但从一开始我们就是打算用自己的双手来养活自己的，而且再多的钱也没法治好我的病。我和老丁一开始也没想到自己会出名，只不过是想完成自己的计划罢了。

　　面对捐款，老丁则是一脸高傲地说道："你们让一个月收入过万的人去接受捐助不好吧。"看着他那"打肿脸充胖子"的样子，我脸上虽然没什么表情，但是心里却是乐开了花。他是死鸭子嘴硬。不过还好我们没接受捐款，不然我们旅行的性质都变了。

　　其实现在回想，也觉得我们当初的决定没错，因为如果接受了社会捐款，我们的路可能会更不好走。因为这种巨额的钱烫手，怎么花都不合适，还是自己赚的钱花得踏实。

　　穷游是困难的，在我们的世界里，没有的东西太多，有的只是两颗真心。在物质上我们很穷，但在精神上我们很富有。当你什么都不要求的时候，或许就是得到最多的时候。

这个社会上有形形色色的人，有好人也有坏人。我相信还是热心的好人更多。我们也感激泡芙小姐把我们的故事报道出来，让我们知道这世界上有这么多人在关注着我们，这一路的旅途好像也不那么孤单了。后来在我们的旅途中，还有很多慕名而来的人。我们的故事和决定竟意外地得到了一些朋友的认可和支持，这是我和老丁没想到的。

这一路上我们看到的不只是美景，还看到了很多支持我们的人。很感谢他们的善良和热心，这些善意就足以支撑我们走下去。

怀玉先生

其实他不知道，他的名字我能记得那么清楚，
是因为那时候我正在追的一部剧，剧的名字就叫《怀玉公主》。

人间很美　我们很好

　虽然前方的路是未知的，坎坷必定少不了，
但我们愿意放飞自我，去克服困难，去热爱生活。

希望你的底色一直是善良和勇敢，活在自己的热爱里而不是活在别人的眼光里。晨光起于白塔之上，照亮阴霾之地。

越是接近终点就越明白生活的意义，并不仅仅是到达终点，而是认真地生活，在每一分每一秒。雨打窗，秋草黄，风吹落叶，还有你眼里的光。

虽然前方的路是未知的，坎坷必定少不了，但我们愿意放飞自我，去克服困难，去热爱生活。

我们旅行中的第一个跟随者是一个我们意想不到的人，不算熟悉，是我的一个高中同学。

那天采访完成以后，我们就继续出发了。当我们完全走出柳州市区范围的时候，已到中午。老丁说："我们停一下，吃个午饭吧！"一听到有吃的，我整个人都振奋起来了。吃的虽然只是普通的小炒，可是我依然很开心。因为在外面不方便做饭，老丁对在户外做饭也没什么经验，我们这两天大多吃的是干粮和压缩饼干，并不好吃。我还在想着什么时候能吃点不一样的，难道丁一舟是我肚子里的蛔虫吗，竟然能知道我内心的想法。大概这就是心有灵犀吧。

吃完饭我们坐在店里休息的时候，他的手机忽然响了起来，他告诉我说，是一个自称是我高中同学的人打来的，叫我们看外面。我看了一眼外面，惊叫道："怀玉先生！"还是那个瘦小的他，还是高中时候腼腆的笑容。对于我还能如此精准地叫出他的名字，他很惊讶。毕竟当年我们只是没有什么交集的高中同学罢了。

其实他不知道，他的名字我能记得那么清楚，是因为那时候我正在追的一部剧，名字就叫《怀玉公主》。而他那个时候正好就坐在我的后排，他上课被老师点过名，我对他还是挺有印象的。然而和老丁一样，这十多年来我们并没有任何的联系。如果不是因为这个事，可能我到离开这个世界的时候都不一定有机会再见他一面。

现在他就这么突然出现在了饭店外面，让我们很惊讶。他说他是看了报道和同学们的朋友圈之后一路从柳州追出来的，因为我们的装扮太特殊了，所以一眼就看见了在路边小店吃饭的我们。他这次来的目的，单纯地就是来看看我们，看看我们的情况。他还特意请了假，要陪我们走上一段，虽然只有两天，但他也算是我们这一路上的第一个跟随者。

我们哭笑不得，没想到还有人选择陪我们走上那么一段路，真是被怀玉先生的暖男行为感动到了。

吃完了饭，我们和怀玉先生一起出发了。南方的冬天就是这么捉摸不定，中午太阳很大，热得你恨不得穿短袖；但是晚上又能把人冻成冰棍。现在是一月份，正午的太阳热得要把人融化似的，阳光直直打在我和老丁的头顶上，我们的脸都被晒得通红。老丁继续拉着我的轮椅前进时，前面出现一个坎，我们都没有预料到。在我的轮椅失去平衡，整个人就要翻到一边的时候，我忽然感觉到背后有一股力量推着我，轮椅回到正轨保持平衡了。

我回头一看，是怀玉先生。不知道他什么时候下的车，也不知道他怎么预判到我们会被这道坎绊住，总之，就觉得很神奇。我下意识地说了声"谢谢"，怀玉先生不在乎地说："顺手而已，你们如果真的要走，前面的坎还多着呢。"怀玉先生说的没错，前面的坎还很多，现在才刚开始呢。

我们一直走到下午。老丁停了下来，马路对面就有一家做铁焊的修理店。老丁马上把我连同轮椅一起往对面马路拉。之前的导向轮只是紧急处理了一下，并没有完全修好，所以老丁一直在注意路边，看有没有电焊的修理店。说来也奇怪，走了整整一天，好不容易才发现了这么一家店，老丁过去讨价还价，最后商定是用点材料自己动手二十块钱就搞定了。

当老丁熟练地操作起电焊机焊接有故障的导向轮的时候，我看到怀玉先生的嘴变成了 O 形。他只知道老丁小时候爱玩，学习成绩不好，可是他不知道老丁还是个技能型人才。我不禁脑补了电影《赤壁》周瑜看到诸葛亮为母马接生时候的表情，然后看着怀玉先生笑了起来，心里一阵骄傲：哈哈，这是我老公，他是万能的！

傍晚时，我们选了一块远离路边的玉米地露营，我们生起了火，吃着干粮，聊了起来。怀玉先生问："你们今天才走了二十公里，什么时候能完成你们的目标呢？"这个问题正中红心，击中了我的痛点。"是呀，前路漫漫，这样走下去难道要走一辈子吗？"我也忍不住说道。

而老丁的反应则是十分滑稽，他正在吃东西，想说话又说不出来的样子，还差点被噎住，最后摇了摇头。当我们以为他要说什么丧气话的时候，他拿出了手机，播放了一首曲子。熟悉的旋律响起，正是那首著名的电视剧《西游记》的主题曲——《敢问路在何方》。平时听这首歌联想到的都是孙悟空，而现在一听却是相当应景。老丁鼓着嘴，朝我们挑了一下眉毛，做了一个"你们自己体会"的表情，把我们逗笑了。我瞬间释然："不管多远，路就在脚下。走就是了，担心太多反而迈不开脚步。"老丁对我的话表示赞同，颇有深意地点了点头，一副"还是我老婆懂我"的表情。

因为走了太多的路，老丁很快就困了。我们开始收拾东西准备休息。弄好帐篷以后，老丁直接把我扶到了帐篷里。怀玉先生忽然问老丁："你可不可以帮赖敏洗个脸什么的再睡？"

老丁没抬头，淡淡地说："我现在还不会帮她，除非她自己真的做不了。因为我们有个约定，在她还能自己动的时候，尽量自己来。我怕我宠坏她，这样对她的病情是不利的。"

我也附和道："为什么一定要显得我们相敬如宾、举案齐眉呢？我自己能够照顾好自己的。"一方面我理解怀玉先生的关心，另一方面我也理解老丁。

虽然老丁是一个可靠的人，我完全可以依赖他什么都不做，但我并不会这么做。

我到现在都觉得，其实爱情就像是一架天平，两个人之间的爱不是一味地依赖，而是分享和分担。我们互相扶持才能一路平稳走下去。即使分开，我仍然可以一个人过得很好。我们可以帮对方守护好共同创造的环境，让彼此可以很安心地去完成应该完成的事情，然后守候。无论是等到白发苍苍，还是等到地老天荒。

老丁说过他喜欢我的不在乎和无所谓，不管是面对好的还是坏的，他把我的这种思想状态称为"坚强"。说罢我和老丁相视一笑。怀玉先生看着我俩自顾自地傻笑，无奈地摇摇头然后说道："你们先休息吧，我去前面找地方住，明天再来看你们。"说罢就开着车走了。

第二天清晨，我还赖在帐篷里睡懒觉的时候，老丁已经钻出了帐篷。不知道他在外面看到了什么，忽然他又钻进帐篷把我逗醒，我朝他做了个鬼脸，被他拍下来发在了朋友圈。从那以后他好像喜欢上了给我拍鬼脸照。他写着："两只鸟在谈恋爱。其实爱情很简单，只要两个相爱的人在一起，就是爱情。"除了鸟还有我的鬼脸照片。看着他写的这些，我的眼睛有些湿润了。因为，我感受到了他在重新遇到我之前心灵的孤寂。还好在各自流浪过后，我们又在合适的时候重逢了，这一切都刚刚好。

我发誓，我要用我的余生去弥补他之前感情的空白。就在我想这些的时候，老丁已经把帐篷、睡袋等物品很快收拾好了。我们正准备出发，怀玉先生又如约而至。一见面他就说："你们还记得 ×× 同学吗？他在前方石龙镇的酒厂上班，厂里配有招待所。那儿的住宿条件也比较好，你们可以带着阿宝一起住进去。晚上他给你们准备好吃的，有红烧猪蹄哦。"那语调，妥妥的就是在勾引我们加速前进。怀玉先生把这个消息带给我们后就离开了，说是先去前方安排好晚饭等我们。

沿着209国道出发，我们到达了武宣境内。老丁的电话响了，他转过头跟我说，腾讯的记者要来采访我们，还有《京华时报》的。我一听心里咯噔一下："就我们？怎么能上腾讯新闻呢？这不一下就要出名了？"

老丁有点激动，说道："不管了，随机应变吧！"他回答得干脆，但是我觉得他的那种激动有点诡异。我开始担心他会不会偏离他出发时的初心，想着万一出名了会怎么样。

忽然想到自己之前看过的一条新闻，有个农村小朋友很穷，后来上了电视，一下子得到了几百万的社会捐款。之后他的舅舅就来接他了。其实他舅舅并不知道他突然有这么多钱，但是舆论蜂拥而至，大家都以为舅舅是贪图钱财才来接他，于是纷纷指责他的舅舅，他舅舅才知道有这回事。迫于社会舆论，小孩的舅舅也不敢再抚养他了，后来，他们家再也没有亲戚敢来收留他了。看小孩的样子也是可怜……他现在一个人在外地读书，根本没有家人再跟他联系。

我觉得那样真的好可怜，就算出了名有了钱，也会远离现在的圈子和环境，亲戚朋友和我们的关系会变得愈来愈淡，甚至疏远到像陌生人，那不是我想要的生活。忽然发现阮玲玉死前的遗言用到现在都不过时，"人言可畏"。而老丁则是埋头继续走，丝毫没有察觉我的小心思。

　　就在我思考的时候，身边的一辆小巴车忽然停了下来，从车上下来了一男一女。男的穿着比较朴素，女孩满脸的笑容。他们自我介绍，男的是《京华时报》的文字记者老高，女孩是摄影记者小萱。我们见面打过招呼以后，小萱很快就进入了工作状态，在我们毫无察觉的时候，就抓拍我们。她用相机记录下了最真实的我们，无一摆拍。我们最开始的照片都是小萱拍的，后来才知道小萱是拿过奖的金牌摄影师。

　　说起来巧得很，当我们在路边休息的时候，突然听见了奇怪的声音。那个时候航拍器还很新鲜，我们都好奇地抬起头去看，就连阿宝也把头昂了起来看。原来腾讯的记者也到了，在远处遥控航拍器从空中拍我们。这一幕也被小萱用镜头记录下来了。不一会儿，那名腾讯的记者就来到了我们面前。小萱则是大叫："大宗，怎么是你！"原来他们早就认识。

　　大宗笑了笑问小萱："你也是采访他们啊？"

　　小萱回答："是啊，我昨天不是跟你说了我要出差来广西吗？就是采访他们啊。"

　　"缘分，缘分啊。"大宗一边说，一边收拾着他的小飞机。老丁像个充满好奇心的小孩子一样，看着大宗的小飞机，问道："可以借给我玩一下吗？"

　　"可以啊，但现在有点晚了，飞不好会炸的。明天或者后天吧，我们还有时间。"大宗笑着回答。然后，我们找了一个路边小店，随便点了些吃的，在等上菜的间隙，大宗采访了我们。可能大家都是年轻人，聊得非常愉快。时间过得很快，采访进行了三个小时还没有结束，不知不觉就到了下午。一看时间不早了，大宗他们说要回去编辑稿件。而我们还要赶到怀玉先生那里。我们匆匆约好第二天继续采访，就原地解散了。

黄昏时分，我们到了同学的工作单位，怀玉先生和老同学早就在门口等候我们了。见到老同学格外地亲切，没有什么客套话，见面打了声招呼，我就调皮地大喊："饿死我了，说好的红烧猪脚呢？"

老丁回头就把我掐成了小猪嘴："你就知道吃，先把东西放好再说。"

我下意识地抬手朝他打去，但是被捏着脸，他胳膊还比我长，结果就变成了我张牙舞爪抓了半天，连老丁的毛都没摸到。这幅场景倒是把他们逗得哈哈大笑。老丁拿出手机说："来，我们拍张全家福。"拍好之后，老同学就领着我们去厂里的招待所。多亏老同学的安排，我们顺利地把阿宝一起带进了房间。

说真的，带着狗狗一起旅行真的好辛苦，一般的旅馆、客栈都不会允许宠物进入。但是阿宝是我从小养大的，并且从小就开始去专业的训练机构训练为我服务，在家的时候会帮我拿东西，我摔倒了会把我扶起来，甚至在我一个人哭泣的时候，它会来安慰我，舔干净我的眼泪，妥妥的大暖宝。在老丁出现之前，我就和它相依为命，我是无论如何都不会和它分开的。好在老丁也是一个爱狗的人，很爱护阿宝，只不过有时候老丁看我和阿宝互动不理他，会在一旁幽怨地吃醋。

我们进了房间把东西放下，安顿好以后，带着阿宝一起直奔食堂。好丰盛的一桌菜呀！老丁拿起手机拍了照发朋友圈，先"喂饱"了手机，然后拿起碗筷不顾形象地大快朵颐。其间我们一句话都没说，光顾着吃饭了。这段日子一路上吃的都很简单，真的好久没有吃过那么好吃的饭菜了。老同学和怀玉先生看着我俩的吃法，都忍俊不禁地摇头。酒足饭饱之后，我们又和老同学、怀玉先生聊了一会儿。

怀玉先生说我们这样简陋的装备很难支撑全程，老丁无所谓地摇摇头："能走到哪就算哪呗，没钱我能赚。"

饭后回到房间，怀玉先生说明了他来找我们的真正原因："我是受同学们的委托，专门来找你们的。我赞同你们勇于突破当前生活困厄的态度。我是去过西藏的，这也是同学们让我过来看你们的原因。我担心你们的安全，同时不相信你们能走那么远，但是又不好直接劝你们，所以才开着车跟着你们慢悠悠地前进，一边观察，一边找机会劝退你们。通过这两天的相处，也吃够了你们的'狗粮'，虽然现在我还是担心你们的未来，但是也已经不打算劝你们了，因为我看到了你们的坚决。我今天消失了一天除了安排吃住以外，还去为你们准备了一些礼物，我知道你们不接受捐款，所以准备了会对你们路上有帮助的东西。"说着就出门从后备厢里拿出来几大袋东西，都是户外用品，帐篷、睡袋、防潮垫等。这也是我们的第一套相对专业的户外装备。

怀玉先生把装备在房间里铺开来，一边演示一边给我们介绍有关去西藏旅行的各种注意事项，还特意跟老丁说，去西藏的路上，可能会有狼，嘱咐我们小心点。我听到了，立刻开玩笑地回答说："有狼，我们就抓它来养。"

当时，已经晚上9点多了，怀玉先生看看不早了，和我们匆匆道了别。因为他第二天要上班了，晚上要赶着回到柳州去。他临走又想想，还从后备厢拿了两件雨衣给我们，真的是暖心得不行。

我常常觉得自己非常幸运，爱与被爱着。这一路收获了很多的帮助和感动，也幸运得几乎是所得皆所愿。谢谢你！怀玉先生。

很 man 很成熟的李哥

在李哥看来，对我们的援助只是举手之劳。

但在我们心里，这种帮助是大雨滂沱中，他为我们撑起的一把伞。

在出来旅行之前，

我已经做好一路上风餐露宿的准备了，

没想到我们还能遇上像李哥这样的好心人。

这不禁让我感觉到其实我们的旅行并没有那么困难，

我对接下来的旅行更加期待了。

收拾完毕，我和老丁一起洗了澡。从我的手渐渐够不着我的后背、动作越来越迟钝开始，为了帮助我，他就开始和我一起洗漱了。由于我们都好几天没洗澡了，好不容易有机会，洗得那叫一个痛快淋漓。洗完出来直犯困，就直接躺下了。

我突然想起是不是应该和老丁聊聊关于我对出名的担忧时，发现老丁已经睡着。他太累了。我发现他被子没有盖好，于是帮他盖了盖被子。忽然，看见他的脚底已经都是水泡了，我一时不知道该如何表达我的心疼，默默拍下来，发朋友圈里了。

第二天早上，我忽然听到了从窗外传来的熟悉的声音，老丁被吵醒了。打开窗户探出头，看见腾讯的记者大宗在同学单位招待所的墙外看着我们直乐，老丁回头对我笑道："老婆，出来看飞机了。"由于招待所在单位里，大宗不方便进来，于是就玩了一下恶作剧。哈哈，被飞行器叫起床，我也是第一次。

简单地吃了早餐，我们又心情愉快地出发了。小萱不知道什么时候赶过来的，给我们拍了些照片。她不愧是摄影大奖获得者，抓拍的镜头都是最自然的。一路上有记者朋友的陪同，好像也不算太单调呢。

我们继续朝着南宁方向前进，今晚预计到达黎塘县城。路上老丁骑着车，我的心里突然不知道被什么装得满满的，高兴地在后面举起了手。阿宝也扭起了它的屁股，跑了起来。牵引绳绷得直直的，帮老丁省了不少力。

中途休息的时候我们做了简短的采访。在采访中大宗说了一句："你们是我从事记者工作四年来采访的最美好的新闻。"

我很吃惊，也很高兴，我们居然能给大家带去幸福感。今天，也是小萱、老高、大宗的采访工作结束的时间。经过几天的相处，我们和他们已经成了很要好的朋友。跟他们分别也是很舍不得的。在这一路上，老高没怎么说话，只是默默地陪着我们走。在分别之前，我们冒着密密的雨拍了一张合照。这是我们人生的第一次相见，却不是我们人生的最后一次相见。

没走多远，我的轮椅又坏了，这次坏的是另一边的导向轮。老丁回头看了一眼，摇了摇头："加固了后轮，没有想到前轮还是没处理好，现在没有工具又前不着村后不着店，只能搭车了，希望能搭得到。我们这套行头不来一辆皮卡（车）或者五菱神车还真装不下，看运气吧。"说着老丁把背包一放，一屁股坐了下去，然后酷酷地点了支烟。

我之前从来没有在路边搭车的经历，听他这么一说，居然觉得有点兴奋，主动提出我来拦车。我把阿宝叫到了身边喂了点水，然后让它坐在我前面，想着让它的大脑袋引起过路车的注意。然后我一边脑补各种搭车的影视镜头，一边有模有样地竖起了大拇指。

可能是因为我们的出行方式实在太过于另类了，过往的车辆被我们拦停的不少，很多人也愿意搭载我们一程，结果全都因为车型不合适，装不下我们的行头没法搭上车。时间一点一点过去了，我也从开始的兴奋变成了疲惫。就在我想和老丁轮换的时候，一辆越野车停在了我的面前。

一个穿着很 man 看上去很成熟的大哥走下来，打量了我们一眼问道："是不是要搭车？去哪儿？"老丁看了看他的车有些失落地说道："我们去黎塘，可是你的车好像装不下我们的行李吧，主要是轮椅和自行车太占地方了，何况还有狗。怕弄脏你的车。"大哥"突然"哈哈一笑，说道："你们这点东西随便装。看我的。"

这里必须得解释一下这个"突然"，因为这个大哥给我的第一印象是很酷很严肃的。但是他笑起来的气质居然变得热情和蔼起来，让我一下转不过弯来。他带着老丁打开后备厢，放倒了最后一排座椅，把包和轮椅放了进去，然后把自行车固定在了车顶的架子上。然后让老丁把我扶上了第二排座椅。阿宝趴在我旁边。老丁则坐在副驾。整套动作相当熟练，一气呵成，不但把我们都装上了车，车内甚至还有空余。

车开了，我们简单地进行了自我介绍。大哥姓李，在宾阳县开了一家小酒吧，平时喜欢户外运动，也是一个在路上的人。他闲下来的时候经常开着车装着各种户外装备到处跑。难怪装我们的行李动作那么娴熟轻松。李哥早几天就通过泡芙小姐的新闻知道了我们的事情，很巧合地在这里遇见了。他建议我们和老丁绕过黎塘，直接和他到宾阳县去，他可以让我们住在他的酒吧里，阿宝也可以一起进入，我们很高兴地同意了。

　　路上，老丁和李哥聊得挺起劲。我则看着窗外发呆。阿宝似乎比我更关心眼前的风景，把白白的头搭在车窗上，享受着车窗外的风景。我们路过了一片小树林，刚下过雨的土地很泥泞，空气很清新，没有了沙尘。

　　老丁忽然感慨："如果能在这里盖个房子，老婆你一定很喜欢吧？"还没等我开口，李哥就把他的幻想浇灭了，"这里是不允许盖房子的，这是退耕还林的地，肯定是要有政府的批准才能盖房子的。""哦，原来是这样的。"老丁悻悻地答了一句。听到他回答的声音，我能猜到他失望的表情，想起了《天龙八部》里乔峰那句经典台词："等我处理完这一切，我就和你去塞外牧马放羊。"我是个随遇而安的人，再加上我的现实情况，所以对生活并没有任何奢求，只要他愿意，我会一直陪着他。但我能体会到他渴望"海阔天空"却又不知道怎么去完成的心理，只能安慰道："其实和你在一起，什么环境我都喜欢。"

　　老丁头也没回，说了声："谢谢老婆。"

　　李哥似乎是感觉到了气氛的尴尬，又开口说道："前面不远的地方有座观音山，我们村里人说那山像观音，可是，我这看了快半辈子，也没有看出什么。不过山上有个观音庙，逢年过节的时候那里的香火还是挺兴旺的。"这引起了我们极大的兴趣。广西山川秀美，观山远眺的时候需要加上一些想象，才能看出其中的门道。经过观音山的时候，李哥提醒我们说："那就是观音山。"我们好奇地看了看，老丁举起了他的手机，给观音山拍了张照，并随手发了条朋友圈，配文说，希望有块石头从山上掉下来把我的小脑砸好了。他就像个调皮的孩子，许着这个不切实际的愿望。

按照我们自己的速度，从石龙到宾阳要走两天，但是搭上了李哥的车，居然不到一个小时就到了。车刚在酒吧门前停稳，里面就走出来两个人帮我们把行李和交通工具一起搬下车，原来李哥在路上就安排好了一切。这时有个姑娘满脸笑容地出现在我面前，说道："你们好，我叫小柔，是李哥的朋友。"

简单介绍之后，小柔指引我们上了楼。到了楼上才知道什么叫作别有洞天，不同于其他酒吧的昏暗，整个天台装修成了一个大花园。花园中央坐落着两间用玻璃修建的房子，房子前面有一张大大的长方形桌子。整体格局简单而精致，很有一种轻奢的感觉。和整体风格不一样的是房间里非常简单，只有一铺床和一套沙发。除了独立的卫生间之外，我们还惊喜地发现了洗衣机。

我们这几天一直都是在路边扎营，完全没有机会洗衣服，身上都是脏兮兮的。我有些紧张，担心会不会把李哥这里弄脏了。

后来才知道这里是李哥的私人居所，酒吧的客人是不让上来的。这里除了李哥自己以外，也会用来接待一些他想要接待的人。现在看来那里是一个属于"在路上的人"的情怀驿站。当时太过于拘束，我小心翼翼地问小柔，说："小柔，洗衣机……那个……可以用一下吗？"

"为什么不能呢？洗衣粉在这边。热水随便用，管够。"小柔笑着回答我。不同于鞋都不脱就躺在沙发上的老丁，我开始了我的"大洗之日"。

听到小柔这么说，我也放心地使用起这里的家电设备，不再畏首畏尾的。

等我们洗漱完毕来到天台，李哥已经安排了一桌丰盛的晚餐，难怪刚才一下车就找不着他了，原来他去安排了这么一大桌的美味佳肴。现在他已经和几个朋友一起在等着我们。看见我们出来了，他招呼我们赶快入座。

在广西，招待客人的最高礼仪便是鸡鸭鱼入席。这一大桌子菜算是整整齐齐，我感受到了李哥对我们的重视，感激之情无以言表。

席间，他和我们说起了他的故事：他早年是个资深驴友，开着汽车在全国旅行。当他感慨地说起曾去过的地方时，眼中闪烁着怀念的光芒。从他的眼中，我仿佛看到了拉萨的蓝天和白云。他在述说中并没有给我们描述拉萨有多么神圣，但却让我真真切切地感觉到了布达拉宫的雄壮与美丽。

我对拉萨的向往更深了，恨不得立马抵达那美丽的布达拉宫，看看这神圣美丽的宫殿到底是不是像想象中的那么壮观。

李哥给我的印象是个特别靠谱、有梦想且勇于实现的人。当时听着他的分享，我们对在路上的感觉并没有太多的共鸣。我和老丁是从实际情况出发选择了这样的出行方式，并不是资深驴友，或者说还没有真正体会到什么是"在路上",但旅行真的是能够洗涤人心灵的。直到后来我们也完全变成了"在路上的人",回想起来,才理解了李哥当时眼中的那种光芒。

我们越聊越起劲,不知不觉到了晚上十点,楼下响起了音乐声,李哥的酒吧开始表演了,我好奇地往下探了探头。李哥问:"要不要去喝两杯?"好久没有去过酒吧了,压根没想到在路上还能有去酒吧的机会。我看了看老丁,用眉毛挑了他一下撒娇道:"我们下楼去坐坐,好吗?"

"你确定?现在不早了,你应该准备休息了。"老丁一脸严肃地对我说道。我知道他对我的撒娇是最没有抵抗力的,我用"你一定会同意的"的眼神看着他,频频点头。他于是无奈地摇了摇头:"只能下去坐一下,然后就回来睡觉了啊,乖。"

"好!"得到我肯定的回答后,老丁转了个身,蹲下来,示意我可以趴到他背上了。我得意地一笑,直接往他身上扑去。老丁把我背到了楼下,把我放在座位上,搬了张凳子坐在我旁边。

刚坐下没多久,我们就听到一个女孩子的声音,"这首歌送给一对情侣,希望他们一直幸福地走下去。《一路上有你》送给你们,丁一舟、赖敏。"我很惊讶,她居然知道我们。这时才发现原来在我们身后的李哥又神秘地消失了,原来又是他安排好的,服务素养是真的高呀!后来那首歌,那个姑娘唱得怎样,我已经不记得了,唯一留在我脑海里的是《一路上有你》这首歌中的款款深情。

在酒精的作用下，我觉得有点困。而老丁则是不受外界吵闹的影响，早就呼呼大睡了。这半个月他太累了，幸好现在遇见了李哥，让我们好好地放松了一次。我把老丁叫醒，告诉他要回去休息了，这时李哥提议道："明天早上给一舟一个挣钱的机会吧，在我楼下酒吧门口摆个摊剪头发。然后下午让小柔陪你们一起去宾阳最有历史的老街去逛逛，我明天还有点事，就不陪你们了，后天我们再去上林县逛逛啊。"

没想到李哥这么贴心，已经把我们这几天的行程安排好了，我只得满口答应。"好，那就这么定了！"我很迅速地答道。由于房间在楼顶，所以老丁一鼓作气地背着我爬到了五楼。我忽然觉得好开心，于是自顾自地笑了起来。老丁被我笑得莫名其妙，瞟了我一眼，"笑什么笑，你以为你很轻啊？重死了。"

可没想到我笑得更大声了，笑得没心没肺毫无理由，只是单纯地觉得开心。老丁又是无奈地摇了摇头，把我往沙发上一丢，就要来掐我的脸。我象征性地配合他，假装反抗和他打闹起来，那个夜晚在我的笑声中温馨又美好地过去了。

在出来旅行之前，我已经做好一路上风餐露宿的准备了，没想到我们还能遇上像李哥这样的好心人。这不禁让我感觉到其实我们的旅行并没有那么困难，我对接下来的旅行更加期待了。

第二天早上，我们起床收拾好以后，带着剪发工具下了楼。在李哥指定的地点，摆好一张凳子，写个"剪发 10 元"的牌子，就开始准备接待顾客。不一会就迎来了第一位客人。老丁很热情地请客人入座，然后很熟练地把围布一抖围在了客人的身上。

老丁熟练地拿起剪刀，问过了客人的要求，然后仔细地剪了起来。我就安静地坐在不远的地方看着他剪头发。老丁有个习惯和其他发型师不太一样，他每剪一刀便会把剪刀甩回手里，用小拇指夹着，然后同一只手拿梳子梳理观察，要用剪刀的时候又会弹出来。他动作娴熟又迅速，配合他的手臂动作和走位，看起来既专业又酷帅，我情不自禁地拿出手机，想拍他的动作，但他的动作实在太快，凭我的反应根本抓拍不了。无奈只能随便拍了张照片，发到朋友圈说："你在剪头发，我在旁边收门票。"

时间过得好快，等老丁为所有的顾客理完发，已经是下午3点多了。收入颇丰，赚了一千多块钱。我们收拾好东西，就在小柔的陪同下前往宾阳芦圩古镇。芦圩古镇是广西的四大古镇之一，自古以来就是宾阳的文化中心，因为每年在古镇举行的炮龙节非常出名，所以我早就知道这地方，今天终于能一睹它的真容了。

可惜的是，我们来早了一个多月，不然可以体验宾阳传统的炮龙节。古镇的老街不长，也没有进行大规模的旅游开发，当然也不收门票，街上住的基本都还是原住民，商铺也都是有一定传承的，历史风貌保存得非常好。那个时候我还能让老丁扶着慢慢走，现在真的很怀念能行走的日子。

　　刚走进古街不远，我们就看到了过年的时候人们用来舞龙的道具龙头。龙头特别大，人站在它旁边都显得渺小，可以想象龙身会有多长。因为炮龙节要燃放巨量的炮仗，所以这个龙头不同于一般的龙头。为了防炸防燃，它是用玻璃钢材料制作的，尽管如此，它的表面还是被炸得坑坑洼洼。从它身上，可以想象得到炮龙节的热闹程度。

　　小柔告诉我："这个龙头，已经用了十几年了，我还很小的时候就已经见过它了，现在已经退休了，是个很有历史的龙头。"于是我们在年代久远的龙头前合影留念，这也是我们和宾阳芦圩古镇唯一的一张合影。

　　老丁剪发的时候太过于专注，到了午饭时间都没停下来，而我陪着他也没有注意。我们在古街走了一会儿肚子就饿了，这才反应过来中午都没有吃饭。于是我问小柔："你们这条街上最好吃的是什么？"

　　"酸粉！哦，你等一下，我去看看还有没有卖的。"因为老街不长，所以小柔一会儿便回来了，遗憾地告诉我："这儿有两家卖酸粉的，都是中午就卖光了，现在没有了。这次留点遗憾，等你们下次过来的时候我一定提前准备好，现在还是先找点别的东西吃吧。"

　　于是我们就近找了一家柳州螺蛳粉，因为宾阳已经是南宁地界，这里的人一般都是说白话的。我心想开螺蛳粉店的应该是柳州人吧，于是一进店，我就调皮地用柳州话大喊一声："老板！煮两碗二两！"结果老板愣了一下没有听懂，气氛瞬间就尴尬起来。我吐了吐舌头又用白话说道："亮晚意亮（两碗二两）。"这下老板听懂了，热情地招呼起来。

趁着煮粉的时间，老丁出去买烟。当他回来的时候，样子有些心事重重的。不等我问，他自己先说话了："老婆，我刚才给了一个流浪乞讨的妇女 50 块钱。因为我觉得她比我们需要这些钱，而且，她接过钱的时候，没有点头哈腰，而是先愣了一下，然后才接过钱的。我不知道她经历了什么，感觉她对生活一点希望都没有。但是，我想尽最大的力量去帮助她。"我嘴里还嚼着食物，只能抱抱他，含糊地说："没事，我觉得你做得很对。把别人给我们的帮助转化成我们对别人的帮助，没什么不好。"

其实，我当时心里还是蛮心疼那 50 块钱的。后来，我问过老丁，我们那时候还有多少钱？他告诉我，帮我买完吃的，还剩几百块。可是那 50 块钱，让我看到了一个大男孩的善良，想想还是值得的。后来，他就常常跟身边的朋友提起这个事，当然，不是为了炫耀他做的那点善事，而是为了能让更多的人看到身边那些确实需要帮助的人，并且能伸出双手，用真心去帮助那些需要帮助的人。

学生时代老师总是教导我们要怀着善意对待别人，善良才是我们身上最美的品德。看来丁一舟是深深地记住了老师的教导。我为他感到骄傲，一个善良、充满怜悯之心的男人又会差到哪里去呢？

吃饱喝足后，我们回到了李哥的秘密基地。虽然天刚刚黑下来，但是玩累了的我们早早就洗漱睡了。第二天，本来就要出发的我们，再次受到李哥邀请去了附近的上林县。这里真是一个漂亮的地方，成片的向日葵围绕着一座山，远远望去像极了两个人拥抱在一起，因此而得名情侣山。山脚下还有一口泉眼，汩汩地往外冒着水。我一个没忍住钻进了向日葵花丛中，想象自己也是一朵向日葵，还让老丁帮我拍了好多张照片。阿宝则跑到泉水边一顿畅饮。我们在山脚下拍了一张合影之后，又去了旁边的寺庙。

寺庙的名字我忘记了，只记得那个寺庙非常大。由于到的时候已近傍晚，寺庙广场空无一人。我们一行人一条狗走到了大殿前，殿里的和尚抬头看了我们一眼，目光停留在阿宝身上。敏感的我赶忙问道："狗狗可以进去吗？"那和尚微微一笑，点了点头说道："众生平等，都有佛性，当然来去自由。"我们开心地进了大殿。老丁把我扶到佛像前的蒲团上就到门口抽烟去了，而我则跪倒拜了下去。阿宝寸步不离地坐在我身边，定定地看着佛像，画面很和谐。旁边的和尚看见了连连夸奖阿宝有灵性。所以我一直说阿宝是一只进过寺庙、拜过佛的狗。

许愿，又献了香火钱，我们便出了庙门。在旁边的小饭店吃了让我至今难忘的一顿饭。不是因为菜有多好吃，而是米饭实在太香了。不用配菜我都能吃三大碗，早就听说过上林县的米好，吃到嘴里的时候，才知道真是名不虚传。后来我们走遍各地，吃到了各地的米，相比之下，上林县的米也是名列前茅的。

第二天一早，李哥提议开车直接把我们送到南宁。但我们没忘记初心，坚持说想要慢慢来，也想看看沿途的风景。在我们的一再要求下，李哥把我们放在了距南宁 70 公里的昆仑关。这是一个很有名的地方，历史上曾经爆发过著名的昆仑关战役。用丁一舟的话说，我是个喜欢推敲文字、阅读历史的伪文青，所以对于这些具有历史印记的古迹我特别感兴趣。

李哥因为担心我们带着阿宝，路上很难找到住宿的地方，所以亲自帮我们找了一个可以带狗入住的小旅馆，又嘱咐了各种在路上的注意事项才放心地离去，临走时还给我们留下了一袋上林特产的大米。

我一直在想，人能拥有善意是很幸运的一件事。在遇到挫折和处于尴尬境地的时候，能得到身边人的支持和帮助，会给自己增加很多勇气，支撑自己前行，直到到达原本以为到达不了的地方。

在李哥看来，对我们的援助只是举手之劳。但在我们心里，这种帮助是大雨滂沱中，他为我们撑起的一把伞。

虽然和李哥邂逅的故事到此结束了，但是我们的旅途还在继续。我期待着，不知道以后又会遇到怎样有趣的人。

水库　惊魂一夜

不知道过了多久,阿宝从林子里面跑了出来,跑到我身边一直不停地拱我,动作像是在邀功,又似乎在安慰我:"妈妈,不怕,我把那东西打跑了。"

虽然这个女人只是个乡下妇女，

也许她文化不高，也不曾读过多少书，

可她身上真的就像发着光。是她的善良和教养，为她镀了一层光。

人生最美的风景就是一直在路上，不必在乎目的地，在乎的是沿途的风景以及看风景的心情，而我更在乎的是陪我看风景的人。其实就在这短短的一个星期的时间里，我们已经认识了不少人，所幸都是带给我们温暖的人，为旅途美景添加了许多艳丽的色彩，让我们看到的世界更美了。

第二天一早，我们来到了昆仑关景区。昆仑关位于宾阳和南宁的交界处，地势险要，自古就是兵家必争之地。历史上发生在这里的战役数不胜数，最著名的是抗日战争时期的昆仑关大捷，是继平型关、台儿庄战役胜利后的又一重大胜利。中国军队在这里血战了十余天终于从日军手里收复了昆仑关，这对抗日战争的胜利有重要意义。关楼位于一处台地之上，上面还有各种战争遗址和英雄纪念碑，从下面走上去共有331级台阶。虽然当时的我还能走，但是还要顾及轮椅和行李，最主要的是我们的阿宝不能一起上去。因此只能无奈放弃。

看着我一脸失望的样子，老丁安慰说：“下次有机会，我们再来，我背你上去。”当时我是不信的，因为那是300多级台阶，一般人自己走都累，何况老丁还要背着我。但是现在看来我当时的顾虑纯属多余，因为接下来的几年里，老丁背着我爬了好多山，其中不乏海拔几千米的雪山，任何一座山都比这300多级的台阶要高。

如今我们安定的幸福生活都是抗日英雄们用鲜血和生命换来的。我满怀崇敬参观景区，努力感受着这里的每一寸土地。我从小就对军人心怀崇敬，那些为国家献出青春甚至生命的战士们是伟大的，值得我们去纪念和尊重。

我们离开了景区，继续向南宁进发。下午休息的时候，他指着手机地图跟我说，"老婆，好像不远的地方有个水库，我先去看看情况怎么样。如果环境不错，我们就直接在这里露营，你看怎么样？"

我点头同意。于是，他转身钻进了马路对面的小路，背影矫健而有力。真好！感谢上天安排我们重新遇到的时候仍然年轻，还有力气去爱。

等了一小会儿，我就看见他兴冲冲地从对面的小路出来了。像发现了新大陆一样，他兴奋地告诉我："老婆，里面的水库好美啊！你也进去看看，我们去里面玩玩，晚几天到南宁，也不碍事的。"我一时也玩性大起，看了看手机，时间显示下午2点，"好呀！我们去玩玩嘛！"我们一拍即合，于是穿过那条小马路，钻进了对面的树林里。

转个弯，面前出现一个好大的水库，周边都被树林覆盖。松软的泥土上落满了树叶，就连腐烂的枯木都散发着独有的香味。几个小蘑菇调皮地探出头来，上面挂着三两颗露珠，可爱极了。

我们选了一个靠近水边、远离树林的空地扎营。他赶在太阳下山前把我们的帐篷搭好，用干草铺在我们的帐篷下面，然后生火做饭烤肉。

风景美丽，故事浪漫，唯一的不足就是我们家丁老板烤的肉要么是没有烤熟的，要么就是烤黑了的，重点是他还夸张地满嘴叨叨："老丁出品，必是精品！老婆，你等着吃丁氏烤肉哈。"看到那惨不忍睹的肉，我还是很给他面子地挑了几块勉强吃了下去。"老公，下次，我们还是从店里面买烤好的吧。"我央求道。

他不好意思地摸摸头说："遵命！老婆大人！"他用手抹了抹脸，不小心把炭灰抹到了脸上，现在的他就像个小花猫似的。我又忍不住哈哈大笑。看到我笑，他还满脸疑惑，问我在笑什么，我指了指他的脸又指了指剩下的炭灰。他一下子就懂了，突然对我使坏，用他脏兮兮的手也抹在我脸上，现在我们就是两个小花猫了。我顿时玩心大起，趁他不注意也悄悄在手上抹了些炭灰，然后抹在他脸上。我俩互相看看对方的花脸，不禁捧腹大笑。

吃完了饭，天渐渐黑下来。不同于夏天会有蝉鸣，冬天的旷野是寂静的，温度也下降得很快，白天和黑夜温差太大。

入夜，老丁早早把火熄灭了，带着我进了帐篷。我们躺下各自玩着手机。突然阿宝大叫起来，对面的小树林也传出窸窸窣窣的声音。老丁掀开帐篷拿起电筒就对着对面的树林一个劲地照，想找出声音的来源，可是半天也没找到。不甘心的他解开了阿宝的牵引绳，发出了攻击命令。

劲头儿十足的阿宝像箭一样冲了出去。老丁则披了一件衣服紧随其后，也冲进了树林。我一个人留在帐篷里，开始没觉得有啥，但是慢慢地我就害怕起来，荒郊野岭的生怕来个什么大型野兽，然后把我们"团灭"了。而我现在孤身一人，要是有什么野兽来了，我想跑都跑不掉，越想越害怕。大概是因为这里是水库，相对湿度较高，没有老丁在身旁，我突然感到丝丝寒意从脚下传来。我蜷缩在角落抱着双腿，又用睡袋把头蒙住，连大气都不敢喘。

这种情况下，等待是漫长又煎熬的，简直是度秒如年。不知道过了多久，阿宝从林子里面跑了出来，跑到我身边一直不停地拱我，动作像是在邀功，又似乎在安慰我："妈妈，不怕，我把那东西打跑了。"这时，老丁也从林子里走了出来，淡淡地说道："没事，是只野猪。"但是这一来一回，着实给我吓到了。于是我向他建议，要不我们在路边搭帐篷吧。他安慰我说："不用担心，野猪不会再来了。我小时候在老家，经常和亲戚上山打猎。野生动物都是怕人的，被阿宝和我这一吓，它十天半月都不会再来这个地方了。"

"真的？"我半信半疑地望向他。他给了我一个坚定的眼神。

回想起刚才自己竟孤身一人待着，心里仍然是一阵后怕，我不由得抱紧了老丁的胳膊。

就在这个时候，我们听到不远处传来一阵摩托车的声音。从摩托车下来一个中年男人，和我们聊了起来。他说听见了狗叫，就出来看看。了解我们的情况后，他说道："这个水库是我家的，我家就在离这里不到一公里的地方，有两间房，你们去住嘛。"

听了这话我和老丁互相看看对方，很快我们用眼神交流做出了决定。这默契好像是我们与生俱来的，他一个眼神我便懂得他的答案。

"不用麻烦你了，我们已经搭好帐篷了，谢谢你！"我内心还是很感动的，果然这世界上还是好心人多，善良的人自带温暖，暖到了我的心窝。

刚刚的经历真的让我心有余悸。说实话，听到那人说有两间房时，我还是有些心动的，但是看了看老丁，我又瞬间有了安全感，好像住不住什么房子已经不重要了。

"这样啊，那不和你们客气了，有什么需要的，随时可以去前面找我。"说罢那人油门一轰飞驰而去，大半夜的看不清他长什么样，只记得那句"这水库都是我家的"让我不禁羡慕。要是我也有那么一方天地，养点啥，种点啥，日子过得也是很舒坦的。

记得读书的时候学过这么一首诗："种豆南山下，草盛豆苗稀。晨兴理荒秽，带月荷锄归。"当时的我就十分向往这种轻松闲适的田园生活。现在眼前就是有这么个条件的水库，更是让我向往了。

夜深了，在帐篷里，我因为刚才的突发情况睡不着。老丁则抱着我，突然很正经地问我："那人肯定是看了我们的新闻，才会对我们行方便的。我们走这趟有什么意义，难道是为了享受这种方便吗？"

我很调皮地回答："你不要有那么多压力，只要记住我们两个在走我们自己的路，没有那么多所谓的中心思想，甚至并没有什么意义，我们跟随自己的心走就好了。"

"是啊，哪有那么多的意义啊，只愿我们能出走半生，归来仍是我们自己。"我被他语重心长的感叹逗乐了，老丁很少这么严肃。我还想说什么，老丁就叫我睡觉了。

"睡觉！"他从背后抱我抱得更紧了，下命令似的，要我闭上眼睛。被他抱着感觉很安全，同时很享受他的这种命令，于是，我乖乖地闭上眼睛，入睡了。

也许是惊吓过后太劳累，这一夜我睡得很沉。

第二天一大早我就被帐篷外嘈杂的声音吵醒了，钻出帐篷，就看见老丁和一个面善的女人在交谈，原来是昨晚水库主人的妻子。他们看了有关于我们的新闻，知道我们走到了这里，所以一早就给我们送来了早餐。

女人很热情地往我怀里塞了一杯热水，"你早上起床后，记得喝杯水，对嗓子好，对身体也好。"我很感激地说了句谢谢，端起杯子，喝了起来。随后她又给我递过来一碗粥，说："我们家早餐就是随便喝点粥，你也将就下吧。"这哪里是将就，这半个月来，我们都没有吃过早餐。

喝着暖暖的粥，软软糯糯的，这大概是我喝过的最好喝的粥了。突如其来的温暖让我眼眶红了，只能不停地用手揉揉发酸的眼眶，掩饰我快要决堤的泪水。

记得读过一句话："一个人身上真正闪耀的东西，是善良，是教养，是包容，是见过世面的涵养。向阳而生，做一个温暖的人，不卑不亢，清澈善良。"

虽然这个女人只是个乡下妇女，也许她文化不高，也不曾读过多少书，可她身上真的就像发着光。是她的善良和教养，为她镀了一层光。

与老丁一边喝粥一边和女人聊天，我对他们悠然自得的生活表示羡慕。她却笑着说，这有啥可羡慕的，无非就是整天喂喂鸡、种种菜。我也笑笑，没有再说什么。其实生活就是这样，很多人厌倦了自己当下的生活状态，殊不知在别人眼里，他们有多令人羡慕。喝完了粥简单收拾了一下，很快我们又要继续赶路了。

我喜欢的东西很多，晴夜中灿烂的星光，晨风下静静流淌的溪水，以及这一路颠沛流离的自由。

突如其来的 "聚光灯"

　　突然我感觉有越来越多的目光朝我们投射过来。对于目光这东西，我和老丁早已不以为意。只是这次的目光如影随形，几乎要将我俩穿透。

我更加坚定了自己的理想。

我才不会在乎别人的眼光，别人怎么看我那是他们的事。

我只管享受生命的馈赠，和爱的他一起去想去的地方。

这就足够了。

自从被新闻报道后，我和老丁被越来越多的人关注，一开始我们是不自在的。老丁说，别人爱怎么想就怎么想，爱怎么说就怎么说，不要把"被喜欢"当作至高无上的标准。想自由，就要有被讨厌的勇气，即使别人不喜欢我们，我们也要喜欢自己。

说得也对，我们本就不是为了讨好别人而生，只要遵从本心，问心无愧，别人的闲言碎语又有什么可怕的呢？

接下来，我们要进南宁城了，肯定不能这么随意的。路上我想了一下，像阿宝这么大体型的狗，得想个办法安置，不然很容易引起不必要的麻烦。想来想去，把阿宝放在光头哥哥那里是最合适不过的了。（光头哥哥：阿宝的训导员，来自驯犬基地，拥有很丰富的驯犬经验。阿宝能拿到工作犬证，都归功于他的训练。）于是我微信联系了光头哥哥，他很爽快就答应了，并约好了时间地点。

光头哥哥根据我给他发的定位很快来到了目的地，他开了一辆皮卡车来接阿宝和我们。他告诉我们，从水库到南宁基本都是公路了，没什么景点，不如我们一起坐车到南宁，而且阿宝还感冒了，我们三个都需要好好地休息。于是我们听取了他的意见，坐着他的皮卡一同前往南宁。

光头哥哥的小皮卡在颠簸的路上蹦蹦跳跳，虽然时而被路边的小石子儿拐一下脚，但依然影响不了它此刻欢脱愉快的心情，如同乘坐它的主人们一样。我在车上时不时被老丁的笑话逗得乐不可支。光头哥哥也被我们两人的轻松愉悦所感染，哼起了一首愉快且不在调上的乡间小调。

南宁，位于我们心形地图的心尖位置，在那里发生的种种也对我们日后的旅行产生了深远的影响。

旅途多半是舟车劳顿的，尤其是在漫无目的、一眼望不到头的行车途中。然而一路有朋友相伴，有老丁无微不至的关心和照顾，即便是在这样的颠簸道路上，也足够让我感受到枯燥旅途的温暖和意义了。

"啧，小迷妹，你家老公没告诉过你坐车要老实一点吗？还不快把他的胳膊搂紧一些，小心撞着。"可能是路上的石子太大，皮卡以一个不甚自然的角度朝一旁歪斜了一下。我还没怎么样，先把阿宝吓坏了，咿咿呜呜地在我身边乱叫个不停。

我被老丁紧紧地搂在怀中。感受着他的温度，我忽然觉得人生也不过如此，能有一个全心全意、无微不至地照顾你的人，有一个为了你付出一切、不论贫富的人，管他这一生的时间是长是短，只要有这么一个人相伴，在这人世间，哪怕人生只是一盏茶的工夫，我便也是不虚此行了。

我抬起头，直直地看向老丁的眼睛，心是滚烫火热的。

"这么长时间以来，我是不是一直忘了和你说，天涯海角，万里山河，我想让我的人生能有意义，只是我到这时才发现，原来我人生的意义已经很早就在我的身边了。丁一舟，客观地说，我可能会比你先走一步，奈何桥边是冷了点儿，但我天生不怕冷，会等你的。"

老丁被我盯得有些不好意思，又兜头听了我这么一脑门子的胡话，有点不知所措。我见过老丁很多种模样，机智能干的，智慧卓绝的，运筹帷幄的，唯独这种不好意思的样子第一次见。我瞧着稀奇，兴致顿起，刚想调笑几句逗逗他，却被一巴掌糊住了脸，"瞎说什么胡话，什么奈何桥不奈何桥的，就你会说。"我被老丁逗得哈哈大笑起来，光头哥哥也弯了弯嘴角。

旅途轻松愉快，但为了照顾我的身体状况，一个小时的车程我们硬生生用了小半天的时间才走完。眼看天色尚早，我先跟在南宁生活的闺蜜打好了招呼，计划到她家借宿休整几日。因为她家有一个超级大的阳台，可以放下我们所有的行李。和闺蜜已经很久没见面了，我们都在互相思念着对方，于是她很爽快地答应了我们。

安排好住的地方以后，老丁对我说："这样吧，我们先带阿宝去洗个澡，我们阿宝以后可能成为唯一一个走遍全国的工作犬，它的形象可不能丢呀。"我与老丁一拍即合，同时征求了光头哥哥的意见。他说阿宝现在的身体状况可以洗澡。随后，我们在网上找了个附近的宠物店，带着阿宝走了过去。

接待我们的是一个阿姨，见到我们有一瞬间的恍惚，又疑惑地看了我们一眼，惊讶道："你们是网上报道过的那个，那个什么来着，是你们吧？"阿姨说着，好像是确认了一般，热情地招呼我们，还把我们领到了门口，随后拿出手机，对着我们拍了几张照片。对这样的待遇，我有一瞬间的不自在，下意识地看了老丁一眼，见他也在看我。我偷偷地捏了捏他的手，调侃道："我们这样像不像拥有了粉丝的明星？被拍照啦！"

老丁也没心没肺地笑了笑，将眉眼中的忧虑都收进了笑容之下。"是啊，是啊，我的大明星，这次来了南宁，我也要给我的宝贝'小迷妹'明星多拍几张照片！哈哈哈，走，我们看看阿宝去。"老丁从后面推着我，朝阿宝洗澡的小屋里走去。

我们并没有太在意这个小插曲，然而消息却慢慢开始发酵起来。接待我们的阿姨把照片发在了朋友圈，不知是谁又转发了照片。网络传播速度惊人，很快我们抵达南宁的事情就传开了。在我们不知道的情况下，很多媒体得到消息后蜂拥而至，已经在宠物店外面等待着我们了。

阿宝在屋子里变成了一只落汤狗，无辜的大眼睛被水一淋，更是无辜得不行。我看着它那双仿佛在控诉的无辜大眼，心下又怜爱又觉得好笑，恨不得现在就摸摸它的狗头。老丁站在一边，毫不留情地对着落汤阿宝拍了几张，随后道："这下好了，即将成为唯一一个环游世界工作犬的阿宝，丑照有了，美照一会儿再拍。"老丁右手拇指按了一下中指关节，一个响指响亮地打了出来。他将我推到了一个安全而又不会阻碍顾客进出的地方，帮师傅给阿宝洗澡去了。

就这样，阿宝的洗浴之旅在老丁的拍照过程中度过，转眼到了分别的时候。看着光头哥哥把阿宝放到车上，虽然知道阿宝只是离开我几天，但心下还是怅然若失。看着阿宝离去的背影，我心里很不是滋味。阿宝从小就跟我生活在一块儿，我们都没有离开过对方。它像是我的贴身保镖，无时无刻不在保护着我，这下我的保镖要离开几天，我还真是感到不习惯呢。

老丁来到我身边，拿着不久前拍好的"阿宝美照"，献宝似的向我炫耀，我便非常配合地表示了称赞。老丁看上去开心极了，说准备在我闺蜜家安顿好之后就将它们发到朋友圈中。我被老丁的愉悦感染，心下顿时敞亮起来。"好，小云也等急了，我们去找她吧。"小云是我的好闺蜜。一想到她，此刻漂泊的我归心似箭。我和老丁百无聊赖地等在路边，等着那个非说要亲自过来接我们的小云同志。

突然我感觉有越来越多的目光朝我们投射过来。对于目光这东西，我和老丁早已不以为意。只是这次的目光如影随形，几乎要将我俩穿透。我才意识到有什么地方不太对劲。慢慢地，几个带着话筒、摄像机等设备的人员朝我们围了过来，有男有女，但整体的装扮是同一风格。又遇上记者了。

我和老丁的旅行在一些人看来是有意义的，但同样也有一些人认为我们是在作秀。本来就属于弱势群体，我更明白什么叫作人言可畏。这种攻击是不分对象，也无差别的，我自己怎样都无所谓，但老丁不行。人活着都有尊严，都在努力捍卫着他们心中的信仰。于我而言，老丁便是那份信仰。

这一瞬间我有些慌了，记者在问一些什么问题，我没听清，也并不想听清。其实对媒体的采访，我们一直是不回避的。可是在信息时代，新闻发酵的速度太快，虽然他们可能会公平、公正地客观报道，网络却像是一把带着倒刺的箭，不轻不重地戳一下，都会留下经久难愈的伤痕。此时的我多么希望自己能够摆脱身下的这个轮椅，立即拉起老丁的手，不管不顾地冲出去，冲出这些围绕在我们身边密匝匝的镜头。

老丁给了我一个眼神。他看出了我的状况不对，于是在这些记者面前礼貌地保持微笑，只是对于他们的问题都闭口不言。

这个时候，听到门外有辆面包车在嘀嘀叫个不停，我的闺蜜小云到了。他们二人手忙脚乱地把我安顿到车上，没一会儿的工夫，我们便又混进了车流当中，可算是把像牛皮糖似的记者甩掉了。

这时我和老丁都有点饿了，随便在路边的小摊吃了两口后，我们就来到了小云的两室一厅的小房子中。

小云平时是和另一个室友同住，只是这些天室友回了老家，屋子空了出来，才有了我和老丁的落脚之地。刚开始我不想麻烦小云，奈何这小妮子是个打定主意从不放弃的主，我拗不过她，便答应了。

简单地收拾了一下，我和老丁便这样住了下来。饭后闲来无事，老丁果真把阿宝的照片发到了朋友圈，并配文："阿宝洗澡记。作为以后唯一走遍全国的工作犬，形象必须好，一会儿做完造型上照片，批发萌。"憨态可掬的阿宝和宠物医生的友好互动，获得了好多人的点赞和喜欢。

这天，小云非要和我一起睡。在毕业分别很久之后，我又一次受到了小云的照顾。女生在一起的话题永远聊不完，我和小云也不例外。从天南到地北，从家长里短到国际要闻，小云简直拿出了彻夜不眠的架势，若不是我实在支撑不住那汹涌袭来的困意，我们怕是要畅聊一整晚。

新闻媒体的采访给我们带来了很多帮助。我们在南宁休整期间，一位记者朋友打电话来说，有一位不愿意透露姓名的朋友，送了一辆残疾人三轮车给我们。他一直关注着我们两个人的旅行，想让我们的旅途能够变得简单一点儿，便匿名送来了这辆电动车。对这份来自陌生人的善意，我简直受宠若惊。原来，我们的旅行是有意义的，不只对我，更是对大家都有意义。我不禁感叹，受到别人的关注也并非是一件坏事。有喜欢我的人，也有质疑我的人，但人无完人，只要坚持自己的初心就好，何必在意别人的眼光。

第二天一早，当我看到那辆全新的电动三轮车时，内心无比欢喜，想着以后我们的旅行能够更加方便了，重点是老丁不用再那么累了。只是人算不如天算，在去一个景点的路上，我们的三轮车不知什么原因熄火了。当时的老丁还不会修车，一阵手忙脚乱后还是毫无办法。老丁在路边垂头丧气，而我则坐在路边不知所措。

每到这个时候我便叹息，恨自己不能分担老丁的困扰，只会增加他的烦恼。

最终我们只得打电话求助 12345。便民热线的作用还是非常大的，没过多久老丁接到了一个电话，是修理队的。南宁标哥修理队的队长标哥亲自带着员工们前来为我们修车，当他们出现在我面前的时候我被震撼得说不出话来，因为这支修理队，居然清一色全是残疾人，虽然行动不方便，但是他们的动作却是无比熟练。没多久的工夫，我们的车便被修好了。

我们问标哥为什么会想到成立这样的修理团队，他回答我们说："在这个世界上有很多像我这样不健全的人，虽然我们身体上不如常人，但是我们一样可以努力，超越自己。这样就是做了一件了不起的事。"

我看着这些专门赶过来为我们修车的残疾人朋友，心中满怀感激。他们虽是残疾人，却用自己的双手，组建起一支修理队。技术傍身不受嗟来之食，他们用实际行动，让我感受到了自强不息的力量。

发病以后，我心里是不太愿意接受自己是残疾人这个事实的。也许是因为我也曾四肢健全，病发太突然，我一时难以接受。现在看着帮助我们修车的残疾人朋友们，我突然明白了，其实不必在乎是否四肢健全，只要努力去做自己想做的事，哪怕是再也站不起来，也一样要活出精彩！

我更加坚定了自己的理想。我才不会在乎别人的眼光，别人怎么看我那是他们的事。我只管享受生命的馈赠，和爱的他一起去想去的地方。这就足够了。

我的两只小"战士"

事实上每只小狗在我们心里都是独一无二的存在，

都是无法代替的存在。

一直认为狗是最通人性的动物，

所以我对这些可爱的小生命也有更多怜悯之心。

从之前的小黑到现在的阿宝阿吉，也许它们只能陪我们一段时间，

但我们能陪它们的是一辈子。我突然很庆幸能拥有这么两只小狗，

既是逗我们高兴的开心果，也是守护我们安危的勇者。

你看风景，山川湖泊也在看你。别说岁月漫长，长不过沿途的山脉，也长不过迟暮的夕阳，更长不过下一个远方。一路上山高路远，道阻且长，与爱的人携手同行，艰辛也化作力量。

意外的是这一天，又有一个忠诚的伙伴加入了我们的小家庭。

几天后，我和老丁去了光头哥哥的驯犬基地接阿宝。到驯犬基地的时候，虽然老远就听到了各种狗狗的叫声，但我还是一下子就从嘈杂的狗吠声中分辨出了阿宝的叫声。刚进基地大门，就看见阿宝向我奔来，没错，不是我们，是向坐在轮椅上的我扑了过来，它一头钻进我怀里，不停地拱着，激动不已。

阿宝力量大得把扶着轮椅的老丁顶得连连后退，才几天不见，我们都非常想念对方。我好不容易安抚下了阿宝，才看见光头哥哥在不远处笑眯眯地看着我们："阿宝想你们都快想疯了，我都快压不住它了。狗狗认主了以后，见不到主人连饭都可以不吃，就别说训练了。"

养狗的目的在如今早已经不再是看家护院、打猎牧羊了，狗狗如同亲人，和我们互相感受这纯真热烈的挚爱。它愿意为你做任何事而不求回报，这是绝大多数的人都做不到的。特别是阿宝从小就跟着我长大，我应该是它一辈子的依靠了吧。

把我和阿宝安顿好，光头哥哥和老丁又进了基地好一会儿。出来的时候，老丁怀里抱着一只小黑狗，一脸贼兮兮地笑："阿宝叫加多宝，它就叫王老吉吧！阿吉！"原来他俩自从得到对方的微信以后经常聊天。

光头哥哥知道老丁的小黑被毒死了以后，一直想着给老丁找一条属于老丁的狗狗，趁我们这趟来接阿宝他顺便挑了一条优秀的护卫犬送给了老丁。当时我们谁都没想到，阿吉成了一条优秀的工作犬，甚至在后续的旅途中数次救了我们的性命。

回到住处，我和老丁商量，决定把今天的所见所闻发在朋友圈。随着社会上关注我们的人越来越多，我们想将标哥修理队的自立自强的正能量传递给更多的人。一切都处理妥当，我拿起闲置已久的手机，打开了和小贝的对话框。小贝是一名记者，我把此时此刻的感受整理一番，发给了这个和善的小姑娘。随着"正在输入"四个字的消失，我的心中一片安宁。胸中块垒，一吐为快，整个人顿时轻松了。

2015 年 1 月 26 日，老丁骑上刚修理好的电动三轮车，载着我，沿324 国道，朝既定目标百色出发。

有了电动车，我们的行进速度大大提升，从一天二十多公里增加到五六十公里。我坐在车后座上靠着阿宝，抱着阿吉，晃晃悠悠，就像春游的孩子一样，吹着风，唱着歌，开心地跟路边不起眼的小花、小草打招呼。小花、小草也拼了命地摇曳着身体，回应着我们。这感觉无比熟悉，我们曾经都拥有和自然沟通的能力，但是经过社会变迁、岁月洗礼，我们看山是山，看水是水。我要感谢老丁，他的出现赋予我生命的华彩，让我重新变得看山不是山，看水不是水。他让我明白了，生活是柴米油盐，而生命不是。

广西一月份的天气依旧严寒，即便是躲在厚重的棉服里依然没有多少暖意。在南宁依依不舍地告别了小云，为了能够更早到达隆安县城，我与老丁走上了 324 国道。眼看着天色渐晚，已经不适合赶路，我便提议在 324 国道坛洛镇地界安营扎寨。老丁也欣然同意。

客观来讲，我和老丁的某些想法经常不谋而合。从旅途一开始，我们便都默契地遵守着"慢下来，多欣赏，多遇见"的原则，所以赶路并不怎么着急。随着旅途的继续，老丁的生存技能接近满分，变得越来越优秀。

不一会儿的工夫老丁便拾掇好一堆柴火，三下五除二地生好了火。然后他先是将我从车上抱起，放在火堆边烤火，随后又带着阿宝、阿吉开始整理起了帐篷。我们是吃过东西才上路的，但眼看着天色将黑，忙了一天，我的肚子还是不合时宜地叫了起来。

老丁正认真地整理着帐篷的各种零件，被我这突如其来的肚子叫弄得愣了愣神。随后反应过来的他，被我这"刚吃完就饿"的肚子逗得捧腹大笑，大有拿这个开涮的架势。我被老丁的笑声闹了个大红脸，瞬间有些不好意思起来。我佯装生气，正要发作，却见老丁直起身来，朝电动三轮车走去。

那里有我们储备的一些食物，我看着他，见他不太高兴地挑了挑眉，随后在一堆食物里拿出个小圆筒来，"说吧小迷妹，到底是什么时候趁我不备将它装到车上来的？嗯？"老丁回头，对上我的目光，阴阳怪气地说道。我仔细揉揉眼睛才看清，原来那个小圆筒是方便面。

　　因为老丁一直认为泡面不太健康，所以他一般不会准备泡面作干粮。"咦？不知道呀，这是谁放进来的呢？"我也看着老丁，刻意用很是无辜的表情，一脸明知故问。

　　老丁被我弄得没了脾气，在一堆食物里翻了翻，将不知什么时候出现的泡面丢到一边，取而代之的是面包和牛奶。"只能吃这个，别想吃垃圾食品。"老丁严肃地警告我。我吐吐舌头，像个犯错的小朋友不好意思地低下了头。老丁看到我乖乖地吃面包，宠溺地笑了笑，便去搭帐篷了。

　　过了一会儿，老丁来到我旁边坐下，一起烤火。阿宝看看我们，又看看阿吉，随后两个毛孩子仿佛商量好一般，一左一右地朝我们跑过来。阿宝来到我身边，卷起了巨大的身躯，亲昵地趴在我的脚边；阿吉有模有样地学着阿宝的样子，也趴在了老丁身边。

　　它们的呼噜声不一会便此起彼伏地响了起来。我被眼前岁月静好的一幕触动，暖意从心口流向四肢百骸，整个人都暖烘烘的。一直认为狗是最通人性的动物，所以我对这些可爱的小生命也有更多怜悯之心。从之前的小黑到现在的阿宝阿吉，也许它们只能陪我们一段时间，但我们能陪它们是一辈子。我突然很庆幸能拥有这么两只小狗，既是逗我们高兴的开心果，也是守护我们安危的勇者。

　　早春一月，严寒还未消退。沉浸于此情此景，即便是周身寒彻，也吹不散我们这个家相亲相爱的滚烫了。简单洗漱完毕，我钻回了帐篷里。阿吉趴在我身边，我抚摸着它光滑的皮毛，开启了和老丁天南地北、无所不谈的交流环节。

身边有这个暖烘烘的一小只，很快倦意袭来，我再也支撑不住厚重的眼皮，随后便睡了。

即便是身处野外，只要身边有老丁，有阿宝，我就能睡得踏实。老丁还是像往常一样守起了夜，野外很容易有突发状况。

第二天一早，我醒来，先看到的是老丁熟睡的容颜，随后坐起来便看到帐篷外阿宝投过来的关切目光。它这是又守护了我们一整晚啊！我心疼地看着阿宝，它总是那么懂事。随后仿佛为了验证什么，我拿起了身边的手机，果然看到了老丁的朋友圈。这是我和老丁商量好的，因为关注我们的人越来越多，我们便想通过实时更新朋友圈动态的方式来向朋友们诉说身边情况，分享旅行中的欢乐与感动。

"两个小妞都睡了，我和阿宝在坚守岗位，不同的是我一会儿就会睡，但阿宝每天都是如此，除非下雨，否则一定守在帐篷口，头朝外面后背对着我们，怎么拉都不愿意进帐篷睡。然而夜晚有任何的风吹草动，阿宝就会暴起护主，他是我们心中的英雄。"老丁的朋友圈这样写着，并配了我和阿吉睡觉、阿宝守在帐篷门口的照片。

老丁的语言朴实无华，简单的文字却让人感动。

文字中也藏着他对阿宝深沉的爱。这一路上，我们相互照顾，相互扶持，阿宝的表现简直懂事得让人心疼。正如老丁所说，阿宝是我们心中无言的英雄。

我摸了摸阿宝的头，在不吵醒老丁的情况下，试着站起身来，一步步慢慢地朝电动三轮车走去。我想去电动三轮车那边，给阿宝拿点狗粮吃。

然而我的动作可能吓了阿宝一跳，它先是无措地在原地转了几圈，见我朝前走了一步，又直接冲着我"汪"了一声，这下老丁也被吵醒了。老丁先是戒备地扫视了一圈，随后看到我站在一边，便连忙起身扶住了我。被他这样无微不至地照顾着，我有点无奈，心中忽然泛起丝丝酸楚。老丁见不得我这样的表情，他像故意岔开话题一样，问我发生了什么，怎么回事。

我也努力地调整了下表情，将那股不知被我埋藏了多久的无能为力感压下去，只说是想给阿宝拿些狗粮吃。老丁无奈，只得扶着我，我们二人一起去了电动三轮车旁，给阿宝阿吉拿了狗粮。两小只饱餐一顿，我们继续开启了"走心之旅"。

如果小黑还在的话，它也会跟着我们一块儿吧。一想起小黑，我便黯然神伤起来。虽然现在多了阿吉跟着我们，但事实上每只小狗在我们心里都是独一无二的存在，都是无法代替的存在。

人间仙境

这是一个天然的洞穴，上通山顶，下通地下河。

让你不由得赞叹大自然鬼斧神工的杰作。

但如果你知道它背后形成的原因，定然更会感慨万千。

传说中仙女们只喝露水，从不食人间烟火。

如今看来，老神仙估计也是如此，

只是他们没有仙女们那么讲究，山上的泉水是可以饮的。

　　大家在中学语文课上都读过一篇课文叫《桃花源记》，课文所描写的世外桃源令人向往，却未曾有人真正见过。我没想到旅途中也会偶遇仿若《桃花源记》一般的仙境。

　　老丁把车开得偏离了国道，走在一条铺满碎石的小路上。道路两旁长满了香蕉树，简直是无从下脚。我和老丁硬是朝前走了几百米远，突然看到路边立着一块石碑，石碑上面写着"八通洞"三个字。我们很好奇，继续前行。走着走着忽然眼前景色奇异，豁然开朗，仿佛置身世外桃源。

　　这是一个天然的洞穴，上通山顶，下通地下河。让你不由得赞叹大自然鬼斧神工的杰作。但如果你知道它背后形成的原因，定然更会感慨万千。我想只有真正走进去，才能深刻体会到它的造化神奇、别有洞天。刚到洞口，便遇到了一位老爷爷，他热情地将我们领进了洞里。

　　老爷爷年逾古稀，精神矍铄，像个世外桃源的活神仙。那副道骨仙风的神采，让我突然想到了电视剧里的太上老君。

　　老丁问爷爷贵姓，爷爷说免贵姓梁。很快，老丁便和这位热情的梁爷爷攀谈起来。二人一见如故，相谈甚欢，如忘年之交。我从两人的对话当中得知，这个洞穴是梁爷爷一人亲手建造的。"一个人打这个山洞，一共打了三年。"梁爷爷介绍山洞的由来。我和老丁兴致勃勃地欣赏着老爷爷打造的洞穴，内心被这别有洞天的奇异景致所震撼。

　　岩石上随处可见梁爷爷刻的诗词歌赋，洞中泉水叮咚，宛如仙境，涤荡心灵。我被此情此景深深吸引，内心被震撼的同时，我渴望天赋慧眼，能将洞内的诗词歌赋尽收眼底。

走着走着，我被一幅名为《造历记》的自述所吸引："一九八九年来到此山，荒无人烟荆棘密布；一九九八年倒制洞楼；二〇〇二年开山造林，修造游道；二〇〇七年点大火池；二〇〇八年点长乐洞；二〇〇九年点八通洞。留此后裔！"读至此，我深有感触。忆往昔，多少先人遗迹刻于石崖之上，或记录古今大事，或记录日常点滴，以此将名器、圣地流传千古，从不间断。只是先辈无意中的一个举动，却为后人追寻祖先提供了方便。

我悄悄地将这些题字用手机拍照保存下来，内心的震撼，久久难平。这次旅行，即使只是遇到了梁爷爷，也受益匪浅，不虚此行了。

老丁扶着我继续往洞穴的深处走，只是几步路的距离，便又看到了石崖壁上刻着的《真宝洞》《乐园》两首诗词。老丁和我一样，也拿起了手机，将我们的所见所闻以照片的形式记录了下来。

再往洞里走，不一会儿便来到了梁爷爷日常居住的地方。此屋名为"长乐洞"，门的左右两边写着"舒适悠悠长乐洞，闷热游浴清凉池"。再接着，我们来到了梁爷爷的餐厅，此处有个泉眼，正汩汩地往外冒着清水。

水至清则无鱼，听梁爷爷讲，就是这几座泉眼，在没有自来水的年代，养育了一方水土一方人。再向洞顶看去，那里有一个天然形成的花印，美轮美奂地点缀在洞顶之上，给这座世外桃源平添了几分色彩。所谓"乱花渐欲迷人眼"，而此花虽只有一朵，但也让人沉浸其中，不可自拔。我又一次被这个洞穴的奇异轻轻地撩拨了一下心弦，心中好生欢喜。

这里对我和老丁来说都有着巨大的吸引力，如果就这样离开这个神秘的洞穴，会使我们抱憾惆怅。我和老丁商量了一下，随后找到了梁爷爷，在我们真诚的恳求下，梁爷爷答应让我俩住了下来。

用梁爷爷的话说，"自家的房子过于简陋，不适合招待朋友。"

而对于我和老丁来说，能在这里住上一晚，简直比在五星级大酒店的吸引力还大。随着交谈的深入，梁爷爷和我也渐渐熟悉起来。梁爷爷像一个和蔼的长辈，对我和老丁是有问必答。并且我和老丁越来越惊奇地发现，梁爷爷诗词歌赋样样精通，生活上也是非常人所能及，简直是隐居避世的活神仙。

我和老丁从洞穴里出来，阿宝、阿吉朝我们冲了过来。老爷爷的山洞外面有一个自制的秋千，老丁、我和梁爷爷一起来到秋千旁。老丁把我抱到秋千上，确保将我安置妥当、万无一失后，老丁又朝正在梁爷爷田地里撒欢奔跑的阿吉、阿宝走了过去。

我坐在秋千上，在心情稍平静的同时又不合时宜想起了苏轼的《蝶恋花·春景》里的一阕词——"墙里秋千墙外道，墙外行人，墙里佳人笑。笑渐不闻声渐悄，多情却被无情恼。"我的脑中忽然生出这样一幅画面，豆蔻年华的少女在家里的后花园荡着秋千，笑声飘到了路过小巷子的翩翩少年耳中，笑声随着少年的远去渐渐淡了。少年人在自己并不知道的情况下闯入了小姑娘的世界里，在渐渐淡去的笑声中，多情的少年还以为笑声的戛然而止是因为姑娘家在生气呢……这是一幅多么美好而又调皮的画面呀！又忽然想到老丁和我，这种恋爱时的羞涩情愫使我的嘴角抑制不住地微微扬起，早上被压得起不来身的无力感也随之一扫而空，整个人都轻快了起来。

闲下来的时候，老丁很爱和狗子们玩耍。我的目光追随着老丁，看他被阿宝扑倒，又被阿吉舔湿了脸庞，看他笑得像个孩子，朝梁爷爷抱歉一笑，我也由衷地笑了起来。

老丁玩够了，又来到了我们身边。梁爷爷靠在结实的树干上，老丁席地而坐，而我则有一搭没一搭地来回摆荡着秋千，开始听他们聊天。梁爷爷说他一共有五个孩子，两个女儿，三个儿子。现在他的孩子们都已结婚成家立业，不需要他操心，自己落得一身轻松，于是便在这世外桃源般的洞穴里住了下来。

其实大多数老人都希望自己晚年时儿女孝顺，膝下儿孙满堂，享天伦之乐。然而梁爷爷的见解不一样，儿孙自有儿孙福，不一定要留在身边才是幸福。

梁爷爷还讲到了他出生时的危难之事，梁爷爷说当年日本侵乡之时，正是母亲怀他临盆的日子。一村子人听说日本鬼子就要打进来了，全都惊恐慌乱、四散躲藏，只留下一个临盆的梁妈妈。

梁妈妈留在家中，拼尽了力气跑到一棵大树底下躲避日本鬼子，危难中生下了梁爷爷。奈何当时没有剪刀，梁妈妈便用牙齿咬断了脐带。就在这样的险象迭生中，梁爷爷终于安稳落地。所以从出生那一刻起，梁爷爷就告诉自己，他是山命。

梁爷爷认为，大山的护佑，赋予他生命，感恩大山给了他生存的机会。在那个兵荒马乱的动荡年代，如果不是大山，他连性命也没了。大山是他出生的屏障。所以梁爷爷认为自己的命格里没有金木水火土，取而代之的是山。

随后在梁爷爷的一首山歌当中，我们结束了这次短暂的交谈。生命是伟大、坚强的，每个人对生命的理解不同，因此，我们应该尊重每个人的想法，尊重生命，这是梁爷爷给我的人生感悟。

随着日落西山，转眼又到晚饭的时间了。梁爷爷很慷慨地把厨房借给我们用，老丁开始准备晚饭。但是没过多久我们便意识到一个奇怪的问题——老爷爷的家里并没有米。我和老丁正着急的时候，只见梁爷爷从洞外走了进来。梁爷爷的手中提着我们需要的米，以及一些蔬菜、鸡肉，笑呵呵地来到我们身前，将东西交给我们。

我和老丁都很疑惑，便齐齐地看向梁爷爷。梁爷爷好像知道我们要问什么一样，随口便给了我们答案："娃娃们，爷爷我不吃肉，不吃米饭，只吃野菜，喝这山上的泉水，如今也几十个年头啦。"对此，我和老丁惊讶得不知该说些什么了。

传说中仙女们只喝露水，从不食人间烟火。如今看来，老神仙估计也是如此，只是他们没有仙女们那么讲究，山上的泉水是可以饮的。

我和老丁结束了晚饭时间，老丁忍不住好奇，又带着我来到梁爷爷的屋子前，来打扰梁爷爷了。"老爷子，我还有最后一个问题等着您指点迷津。吃穿用度中的'吃'可以用泉水解决，但您的'穿'呢？而且刚刚您给我们的米，还有菜又从哪儿来？"老丁的问题我也觉得很有意思，便默默地竖起耳朵，等着梁爷爷的高见。梁爷爷说，山洞中的泉水刚好养活他一个人，足够了。

梁爷爷告诉我们，山顶上有一个太阳能发电设备专供水泵使用。梁爷爷对于想要泉水的人毫不吝啬，乡下人要取水只需两毛一车。也就是这两毛两毛的钱，慢慢地攒下来，也够他的"穿"了。

听了老爷爷的一番话，我也深有所感。一人一空山，有水有吃穿，世外桃源的生活不就是这样吗？

八通洞的旅途是轻松愉悦又充满梦幻的，虽然我们非常依依不舍，但告别的时间一到，我们依然要按计划继续前行！第二天一早，我和老丁没有惊动梁爷爷，将身上仅存的 200 元钱放在了梁爷爷的桌子上。我们不想以这种方式将爷爷拉回到凡俗之中，但我们的感激之情不知该如何表达，只有这样做才能使我们稍感安慰。

我和老丁站在八通洞的门口，朝着里面深深鞠了一躬，就此辞别。更多的好人好景还在路上等着我们，即便会有些许迟疑，我们依旧不会放弃前行。没到最后一站，我们不会停歇。

　　人生要怎样度过，才对得起转瞬即逝的光阴？世间大部分的人都在用生命取悦他人。而只有审视内心，丰富自己，尽情享受生活的美好，不断丰富生命的底色，才不负这人间一趟。

磁场的碰撞　至交"雷神"

人和人之间应该有某种磁场存在，

有些人不管认识多久依然亲近不起来，

而有些人在你第一眼见到时就笃信会成为好朋友。

我一直坚信，相遇是一种命中注定的缘分，

因为我和老丁就是这么碰巧。

有些缘分，不是恩赐就是教训。

我很珍惜这些缘分，

我知道，每个人出现都有他的意义。

　　隆安对于我和老丁来说，是一个特殊的地方，因为在这里我们遇到了他——雷神，一个以为是擦肩而过的路人，却最终成了我们的至交好友。与他的相遇，让我们后来的旅行有了不一样的精彩。甚至可以说，没有他，我们的进藏旅途会难上百倍。

　　那时，我们到了隆安县城，刚下完雨，我们需要找一个温暖的地方歇脚。旅馆是不行的，阿宝、阿吉都是一身泥，肯定要被拒之门外。可能是缘分，也可能是注定，就在那时，我们遇到了雷神。

　　当时雷神经营着一家修车店。我们路过他的店面时，老丁说刚好要给车买些零件，以备路上使用。

　　雷神也很好奇，毕竟我们这身装备很少见，不过他并没有表现得很惊讶。闲聊中他了解到我们的难处，没有地方落脚，他说我们可以在他家借宿一晚，我和老丁当时都以为只是借宿一晚，谁都没想到，这一住居然就是一个月。

　　如果这还不算是缘分，那我真不知道该用什么词来形容我们和雷神的相识了。

　　在之后的一个月里，我们和雷神从陌生到熟悉，从只言片语到无话不说，再到互相牵挂，一切都是那么顺应天意。

　　雷神听说我们要去西藏后，说的第一句话不是鼓励，不是加油，而是语重心长的劝告："你们的车是去不了高原的，连续爬几十公里的上坡路，怎么办？还有连续几十公里的下坡路，刹车能行吗？"

我和老丁面面相觑，显然都没有考虑到这些问题，我们只想着走到哪步算哪步了。不得不说雷神是个心思细腻的人，后来他主动提出帮我们改造电动三轮车，这对我们进西藏的帮助很大。

雷神是个超级有趣的人。刚认识的时候，老丁对雷神的建议持各种怀疑。直到雷神把他2014年去拉萨拍的照片放出来，并告诉了老丁去拉萨的路况，老丁才决定听雷神的建议，改装车！

确定了计划，我们就开始网购各种改车的零件，因为很多都是非标件，在当地的店里买不到，必须网购。在等待零件那一个多星期，几乎每天都在下雨，或者就是阴天，雷神带着我们俩逛隆安县城，领着我们去摸螺蛳，还说要陪着我们一起去拉萨。总之，我们一起度过了非常快乐的时光，而老丁和他两个人简直就是相爱相杀，每天都是各种斗嘴。在这种轻松愉悦的氛围中，心里每天都是阳光灿烂的。

时间过得很快，改装需要的零件很快到齐了。之后的十多天，老丁和雷神一起进行着改车的大工程。

一开始老丁还是很有自己想法的，但很快，他就放弃了主导地位，任凭雷神差遣了。在改车这方面雷神真的是大神级别的，很多专业的名词我甚至都没听说过。我在雷神的门店里歇着，看着他们在外面忙碌，过不了一会儿老丁就会跑进屋陪我说会儿话，大概是怕我自己待着会闷。我问他："你不用帮忙吗？"

老丁甩甩手说："他一个人就把车棚搞定了，我现在无事可做。"

想了想又说："要不我趁着有空，还是去把我的理发摊位支起来，去干我的老本行吧！"

我立刻笑着说："好啊，正好快过年了，还能涨涨价。"

在改车的过程中，雷神告诉我们，这部三轮电动车的电池价值一万多元，我和老丁都惊呆了。这电池以及车子都是刘哥的朋友免费赞助的，心里顿时感觉好温暖，特别想要亲自谢谢刘哥和他的朋友。

雷神改车也坚持自己的风格，边改边测试。我们一共试了三次车，都是用出去游玩的形式测试的。

第一次试车，是在我们的新车架装好新电池后，雷神约了他们当地的一个自行车队一起去烧烤、烹制窑鸡。头一天晚上，他就开始准备第二天需要的食材，给我们明天要窑制的鸡肉按摩煨料，为使鸡肉的口感更好，把酱油往鸡的外皮上抹，往肚子里灌，然后浸泡一个晚上，让食材入味。我看着他把绿茶饮料打开倒了点出来，再往里面加了好多蜂蜜。我问他，这是干啥？他告诉我，绿茶饮料是所有饮料里添加剂最少的，加了蜂蜜的绿茶饮料好喝。

老丁问，你怎么对吃的这么有研究？雷神答，他曾经是经营风味小吃的，以前店面开在一所中学外，曾经有一次下课的时候，他安排在学校里的"眼线"闻到整栋教学楼都飘着他做的风味小吃的香味。他说这个事给我们听的时候，语气里透着一股自豪。那股自信的劲儿，让我和老丁又不禁对他肃然起敬，这个宝藏一样的人，还有多少技能是我们没有发现的呢?

第二天一大早,雷神就把我们叫了起来。我们在等各路小伙伴的时候,把早餐吃了,等自行车队的人到齐了,就开始了我们的试车之旅。

刚开始,老丁负责开车,雷神负责观测电量的变化。后来,他俩停下车嘀咕了一会儿,雷神把自行车交给老丁骑,自己坐到了驾驶位上。

我蒙圈了,还来不及问,就听老丁问雷神,"你确定你会开?"雷神说,"放心吧。"老丁按住他的胳膊,又问了一遍,"确定?"雷神重重地点了点头。老丁还是不放心,最后又说了一句,"这后面坐着的可是我最重要的宝贝,你懂?"雷神哈哈笑着说,"非常清楚。"老丁这才放了手,骑上自行车。雷神发动车子,我依旧和阿宝、阿吉坐在车厢里,想着刚才老丁再三确认的样子,心里美滋滋的。

正在这时,突然车子吭哧一下歪了下去,阿吉也被抛出车外,摔在了从车子摔出去的雷神身上。我当时第一个感觉居然是,哦,原来这个人并不是神,也是个会出岔子的普通人。我因为靠着车厢的边坐着,所以没什么事。但是雷神很紧张,我也是那时候才意识到,这位大神居然也会有紧张的时候,我听到他紧张地打电话叫前面的骑友回来帮忙。

第一个冲回来的是老丁,他急急忙忙冲过来,看到我没事儿之后,神色才放松。雷神有些心虚地打趣道:"原来你也没有多厉害嘛,你肯定是骑在最后一个,所以才能第一个冲回来。"

老丁喘了一会儿气,回应他:"那是因为我穿了秋裤,而且,我的外裤是牛仔裤，根本活动不开！"

"自己体力不行就承认，怪什么秋裤啊！快快快！去帮我把车拉上来，我拉不动。"雷神命令道。

"车都拉不了，你这个弱鸡。"老丁气喘匀了，一边拉车一边也开始讥讽起来。看着他俩互掐的样子，我笑出声来。

雷神一听到我的笑声，立刻调转矛头向我："友女，你笑什么笑，都是因为你太重，该减肥了。还装什么无辜，就是你呀！"

这种朋友之间互相调侃斗嘴的感觉，真挺好。

三轮车在大家的帮助下从沟里拉了出来，老丁惊魂未定地对雷神说："还是我来开车吧，摔坏什么都不能摔到我老婆啦！"我赶紧说："我没事，我没事，没有摔。"但最后老丁还是非常坚决地坐回到驾驶位，把车开到了峨山景区。

景区门口很冷清，里面却一片生机，因为来的人少，植被茂盛，满目苍翠，这感觉太舒畅了。景区里还有一个天然的洞穴，是喀斯特地貌特有的那种天然溶洞，洞口有一个锈迹斑斑的铁门。刚进去就有一个比较大的平台，在平台上就有块像大象的钟乳石，有人在这块钟乳石的下面立了一个"大象"的牌子。

阿宝、阿吉也很喜欢这里，在洞里撒起欢来。"这里的钟乳石有一部分被敲断偷走了。"雷神一边带着我们往里走，一边惋惜地告诉我们。我问："偷走干吗？拿去卖吗？""那你以为呢？不然拿回家垫桌角吗？"

瞧，雷神的嘴巴就像机关枪似的。

这里的石头千奇百怪，竟然有很多我没见过的品种。我们在黑黑的山洞里，还看见了用手机打光才能看见的闪着银光的石头。我原来想摸摸它们的，又担心把它们成长了好久的痕迹摸掉，就像尊重一位百岁的老人家一样，我只虔诚地望了望它们。

老丁看我很喜欢，想拿相机拍下来，可是洞里太黑了，照片基本都过曝了，没有拍出这些石头的美丽。后来我们走到一个狭窄的通道，溶洞的部分我们就算走完了。

那个狭窄的通道只有1.5米左右的长度，让我记起了陶渊明的《桃花源记》里描写的那个场景："初极狭，才通人，复行数十步，豁然开朗。"又让我想起了梁爷爷的山洞，可这里面并没有像八通洞一样豁然开朗。这里被肆意疯长的藤蔓遮住，只透出星星点点的几束光。台阶上也遍布青苔，我们小心翼翼地坐下去，生怕惊扰到这些可爱恬静的植物。感谢这里透过藤蔓的光线，也感谢雷神，我和老丁在这里有了一张清晰度很高的全家福。

从洞里出来后，我们就下山了。到山底的时候，骑行队的朋友已经把鸡窑熟了。只能用一个字形容——香！我们更加相信雷神是做过美味小吃的了。雷神还烤了个茄子给我们加菜，他做的美食都好吃，因为他都是用心做的。我们还喝了雷神倒上蜂蜜的绿茶，果然像他所说的，味道清新又带着蜂蜜的丝丝甘甜。吃饱喝足了，夕阳西下，我们也该回家了。

可是当车开到回程一大半的时候没电了，后面的路，只能靠人推着走了，两人负责推自行车，一个人负责照亮路。当然，那个照亮路的人也必须推一辆自行车。老丁也参与到推车中，顺便偷偷地拍了几张照片准备发朋友圈记录生活。后来雷神还跟我说起过这件事，他说："你们家的那个贱人，在推车的时候还拍照，我们都累成狗了，他居然还有心情拍照，我都想一巴掌飞过去。"看，这两个人果然是相爱又相杀。

也不知道推了多久，终于能隐约看到灯光了。这时，我听到他们咬着牙说着："再往前走点，就可以充电了。"这些字他们是一个一个往外吐的。这就是我们第一次试车的经过。不完美，但很难忘，所以我记得，会一直记得。

有了第一次试车的不完美，老丁和雷神继续改车，车的外包装原来已经弄好了，又被他俩一顿大拆。装好以后我很开心，因为又可以出去玩了。这次雷神建议我们找一个水库边过一晚，因为进藏的路上会经过云南，那里有美丽的洱海，也是我一直向往的地方。现在要先试验一下这辆改造车是否能支撑我们去到那样的环境，于是我们找了距离他家不远的一个水库。

到水库边的时候，天已经快黑了。雷神一脸调侃地说："那我就先走了，你们今晚照顾好自己哈！"说完他转身就离开了。然后老丁熟练地拾柴火，准备生火。

在他生火的时候，我们又莫名其妙地吵架了。我说："你那个柴火不好烧，换一种呗。"

他突然就嗓门大起来，把手里的柴火扔在地上，说："要不你来拾！"我很委屈，但我更不喜欢和老丁吵架。正想着怎么缓解气氛，肚子突然就咕咕叫了两声，我摸出带来的薯片，可是怎么也撕不开。我嘟囔着，"老丁，帮我打开。"

他一开始不理我，过了一会儿还是走过来帮我打开了。他就是这样，每次我需要他的时候，不管他是不是在生气，都会来帮我。我没皮没脸地边吃边笑，他拿出手机，说："我得把你这副傻乎乎的样子拍下来。"我想，拍就拍吧，只要有薯片吃，只要你不生气。

其实过日子就是这样，两人偶尔有一些拌嘴和争吵都是正常的。我们也并非别人眼里相敬如宾的样子，都是有些小脾气。这也算是生活的调味料，让平淡的日子变得有滋有味。

很快，新年到了。2015 年的大年夜其实是我一个人过的。

我们俩像往常一样简单地吃过年夜饭，老丁像个小孩子似的兴奋地问我："老婆，我好久没玩游戏了。我今天手好痒，想去网吧玩，可以吗？""去吧！"我很爽快地答应了。

男人很多时候都像小孩子一样的，依赖他的同时，也要哄着他，给他自由。老丁是很喜欢玩游戏的，我也很体谅他，为了照顾我而放弃了自己的娱乐，所以我并不阻止他提出大年夜去网吧玩游戏的要求。

午夜 12 点，外面的鞭炮声如约响起，阿宝吓得直接躲在了桌子底下。

此时我的心里是兴奋的，因为终于熬过了一个让我伤心的年份，崭新的一年即将来临了。

第二天是大年初一，原本雷神和我们约好年初一的时候去布泉乡进行终极试车，可由于他身体不舒服，我们只好把行程推后一天。

雷神为什么会不舒服呢？因为他对狗毛过敏了。老丁很不解地问他："你狗毛过敏，你还养狗？"雷神摆摆手说："不可以吗？我们是一群人养一只。例如，这段时间，我没空带狗，我那么多友仔友女，叫他们帮带一两个礼拜，不是什么大问题。哪像你家阿宝那么蠢，只认你一个主人。"

我一把将阿宝搂进我怀里，得意地对雷神说："哼！我的阿宝不蠢，它只是我一个人的。"这就是雷神跟我们的相处方式，当你说他不对时，他的反击里总是带着嫌弃和不屑，但这并不令人讨厌，也丝毫不影响他像老友般踏实又贴心。

大年初二，我们跟雷神一起进行三轮车的终极测试——布泉乡之旅。

因为雷神告诉我们，只要我们的小三轮能到得了布泉乡，就能上得了贵州、云南、西藏的那些陡坡。

在试车的路上，我们得知了雷神去拉萨时发生的一件事。当时他们骑行已经到海拔较高的地方了，但天色已晚，只好住进一家小旅馆。当老板告诉他房间在三楼时，他那要命的惊叹和他后来奄奄一息的呻吟声，都证明了严酷的现实——原来高原反应是那么痛苦的一件事。当时我和老丁都无法理解那是怎样的一种感觉，没有去过高海拔的人或许也无法理解，这也警示我，原来去拉萨是会有高原反应的，我开始担忧起我和老丁的身体，是不是能撑得住。

我们从县城到布泉乡的路上一直有坡，但无所谓，路上哪里风景美，我们就停下来。下午一点半，雷神让老丁把车停在一个场地里，然后伸手摸了摸车底的某个部位，说："还行，不是很烫。"

我听到他说这句话的时候心里别提有多高兴了。这就意味着通过三次改装测试，我们的车能翻山越岭、跋山涉水了；意味着我能去很多地方了；意味着我能上青藏高原了。

老丁也很开心，那天他在朋友圈记录："终于回来了，今天的终极测试非常成功，车辆在雷神的改装下通过了150公里的盘山公路测试，这说明车辆基本胜任进藏道路。我们中午在小布泉停留了一会，还小游了个冬泳，冷得我直打冷战，却大有一种神清气爽、头脑通畅之感。小布泉风景非常美，但是也发现了不少人为的破坏，例如湖面上的垃圾，也希望大家能够自律。"

还挺正能量的，老丁就是这样一个正直的人。

布泉乡的终极试车完毕，我们也即将开启新的征程了。忽然有点不舍，和雷神相识的点点滴滴浮现在我的脑海当中，多希望每天都能和这么有趣的朋友在一起，然而我们的旅途还得继续。很快，大年初四的早上，我们从旅店收拾好东西，就去雷神的店里和他道别了。

　　我们道别的借口是让他帮忙再检查一下我们的车辆是否还存在问题，如果可以，我们就出发了。

　　雷神看都没有看我们的车，就自信地说了一句："你们走吧！"

　　然后，我们就离开了他的小县城，往百色方向去了。离开他那儿不久，我就收到了雷神发来的一条微信："我不太喜欢送别，也不喜欢分开的时候难过，你懂的。"

　　我笑了笑，想到的画面是他靠在电线杆上，低头发着消息酷酷的样子，便回了他一句："人生何处不相逢。"这就是我们并不伤感的道别。再见雷神，再见美丽的隆安。

　　我一直坚信，相遇是一种命中注定的缘分，因为我和老丁就是这么碰巧。有些缘分，不是恩赐就是教训。我很珍惜这些缘分，我知道，每个人出现都有他的意义。人生中有无数次的相遇和重逢。我相信和雷神的相遇不止这一次，我们的重逢，未来可期。

　　其实雷神不是他的真名，一开始他让我们叫他小雷。雷神这个名字还源于老丁的一条朋友圈，老丁是这样描述和记录的："改出的这一个三轮房车简直就是逆天的存在，等过几天车装好就可给大家上图，保证惊讶！而且造价才一千五。他精通电脑和手机系统，精通电气，家里有各种自制工具，曾经自己改装油电双动力摩托车穿越西藏。他喜欢户外，经常骑自行车去户外，户外技能也熟悉，最重要的是做菜、烧烤好吃极了，简直就是男人中的极品战斗机。我和他比简直就是战斗力只有五的渣渣，甘拜下风。"

当时《雷神》正在电视上播出，隆安雷大神就被我们称为雷神了。雷神之名，由此而来。

人和人之间应该有某种磁场存在，有些人不管认识多久依然亲近不起来，而有些人在你第一眼见到时就笃信会成为好朋友。所以交朋友也类似谈恋爱，全靠缘分。我们在孤独的星球相遇一定是有特别的牵引，但愿我们能和自己的挚友永远好下去。

撒在去大理前的"狗粮"

这一路上我和老丁撒下了无数狗粮。

我们并不羞涩，不吝啬对外人秀恩爱，

因为我们觉得，爱就要大胆表现。

小情侣间的拌嘴掐架让我觉得心里甜腻腻的，

幸福感油然而生，

所谓浪漫不只是送花这么简单，

还包括送你花的那个人。

我们在花田间欣赏着花，

偶尔拌嘴，

眼里、心里只有彼此，这就是浪漫呀。

告别了雷神，我们开着改装好的电动小三轮车风风火火地出发了。因为速度和续航能力大大提升，很快我们就驶出了广西，来到了贵州省兴义市。

我很兴奋，在之前的人生中我并没有出过广西，这次居然就这样来到了贵州。在我的印象中，贵州是个贫困缺水的地方。以前看过报道，贵州山区的孩子想要上学得每天翻越三十公里的大山，而且他们每天都吃洋芋。然而真正来到贵州之后却发现实际情况并不如此。贵州也是个发展得很好的省份，也有丰富的美食和别具一格的风土人情。果然人不能局限于自己的认知当中。

记得我们刚进入贵州兴义时，好不容易上了一个大坡后，饥肠辘辘的老丁和我在路边吃了一碗也叫"凉粉"的东西。因为"凉粉"在我的记忆中和成都的"冰粉"是一样的，是冰冰的甜甜的。我并不接受"凉粉"这两个字用在辣的、咸的、香的米粉上，因为这已经彻底地颠覆了我的认知，所以我并没有真的把那碗称为"凉粉"的米粉吃完。

但是老丁吃得很开心，大概是老丁比较重口味，而且舟车劳顿，他也确实饿了。大快朵颐地吃完了自己的那碗，顺便把我没吃完的一并消灭了，还说我挑食。

解决完肚子的问题后老丁很开心地问我，到贵州兴义了，最想住哪里？

我不知道他打算把我送到哪里去住，便茫然地摊开手，对于贵州，我是很陌生的，我只好说任凭他安排。他对我说："我们先带阿宝去洗个澡吧！不然一身的灰土，住店容易被人嫌弃，很不方便。"我点头表示赞同，看着阿宝的脚上脸上都是灰蒙蒙、脏兮兮的泥土，乖巧地坐在地上，我忍不住摸摸它的头。

把阿宝送进宠物店去洗澡后，我和宠物店的老板娘东一句西一句地聊了起来。忽然间，我看到了一方大红色的狗围巾，落落大方的，非常好看。我记得是有点贵的，而且，这个东西在务实的老丁的眼里是没什么用处的。可是我一眼就看上了这条围巾，想象着阿宝戴上围巾时英姿飒爽的样子，我更铁了心要拿下这条围巾。我于是摇着老丁的手撒娇道："帮阿宝买一个嘛！阿宝从小到大我都没有送过它什么东西，它戴上这个一定帅爆全场，你不想它制霸全场吗？"

老丁若有所思地摇摇头说："我不想。但，你觉得好看就买一个吧！"

此时的我真想绕着老丁跳，同时嘴里念念有词："我有一个好老公，咿呀咿呀哟！"

可惜的是，我现在只能做嘴上的这部分了。老丁听到我夸奖他的话，得意又宠溺地笑笑，仿佛在说，我的老婆我只能宠着。

老丁也确实特别宠我，基本上是有求必应。这父亲般的宠爱让我很受用，我特别喜欢这种被他宠着的感觉。

于是我迫不及待地开始跟宠物店的老板娘一起挑选阿宝的围巾，很快就给阿宝选了那条大红色的围巾。本来应该跟老板娘讨价还价的，奈何我的嘴巴太笨，没便宜几块钱。从老板娘手中接过围巾，我双手紧紧攥住了它，一脸献媚地对老丁说："谢谢老公！"

老丁一脸嫌弃地看着我，说："阿宝已经洗白白了，傻瓜。"

我一回头，看见阿宝已经坐在我的身后了。我把阿宝一把搂进怀里，直接给它把围巾戴上了。然后我得意地对老丁说："阿宝的口水围，可爱吧？"

老丁一扭车把，把车一启动，看都没看我一眼，答道："嗯，可爱！"

"哼！敷衍！你看都没看！"我假装生气地对他说。

他有些心疼地说道："你知道阿宝洗这个澡用了多少钱吗？差不多两百元呢！"

老丁从来不是抠门的人，只是我们现在没有了稳定的收入，自然是不应该乱花钱的。为了旅行能维持下去，老丁不仅会摆摊帮别人剪头发，也会帮工地干活；有时候遇上农户砍甘蔗，还会帮人砍甘蔗赚钱。只要能赚钱，老丁都不挑。但今天就让我任性一次吧，毕竟从未给阿宝送过什么礼物，我心里有些愧疚。

因为带着狗狗，又是在市区，我们在网上查酒店的电话，一家一家地咨询能不能带宠物入住，最后选定了兴义的一家国际青旅。那是我们第一次住青年旅社，充满了新鲜感。

我的一位大学老师非常喜欢旅行，极力推崇青旅的文化。她经常给我们讲起她去旅游时的故事，那时的我听得十分入迷，并且很是敬佩她，居然敢一个人到处旅行。也许就是那个时候，我便有了探索外面世界的愿望。

她的名字是"琼燕"这两个字，因为她是海南人，所以，她把自己的名字解释为：越海而飞的海燕。我记得，她第一次给我们介绍自己时就是这么说的，我觉得她是一个很酷的人，所以我到现在还记得。

旅行最大的好处，不是能见到多少人，见到多美的风景，而是走着走着，在下一个际遇，突然认识了自己。

第二天一早，我们在青旅老板的介绍下去了万峰林景区。

万峰林并不算是严格意义上的景区，因为万峰林的四周并没有很明显的围墙。我们没有走常规的旅游路线，而是去了周边的村子里。

越是返璞归真的小乡村，那里的景色就越美。大自然真是个至高无上的造物主，小到路边的一朵野花一棵小草，大到一望无际的山川河流，每一件都好像精心雕刻一般，散发出它们独特的魅力。

阿宝、阿吉像两只脱缰的小野马，开心地往前奔。我在阿宝下车前，给它戴上了我专门为它挑的"口水围"。围巾与路边的花色相呼应，好看极了，于是给它留了个影。

我们逛到了一片桃花地，老丁忽然加快脚步，跳到一棵桃树的旁边，迅速折了一小段桃花枝给我。因为我离桃花太远，看不到桃花的具体样子，所以老丁为我做了辣手摧花的"采花大盗"。我们在这片桃花前拍了张全家的合影，是用三脚架自拍的。拍的时候老丁设置好定时，像个孩子一样手舞足蹈地朝我跑过来，并且嘴里喊着"来不及了，来不及了。快点，快点！"这个样子可爱极了。

我们一家四口就这样边走边玩，不知不觉就进入了云南省，这是我们走过的第三个省份了。云南省一直都是旅游胜地，有着人间仙境般的洱海，还有容易邂逅爱情的丽江古镇。我开心得不行。

云南省罗平县是我们进入云南的第一个县城，我们在路边找了一家汽车旅馆住了下来。这里饭菜经济实惠，住宿也不是很贵。我们两铺床，一百块钱一晚。吃饱喝足躺在床上，老丁告诉我罗平县有一大片油菜花田，非常漂亮，我们一拍即合，打算去参观一番。

也许我有一种刻在骨子里的浪漫主义，无法抗拒各种美丽的花，无论是鲜艳的玫瑰，还是平淡的油菜花，都足以让我心动。

我们到的时候，花期有一点过了。老丁说："不过没关系，只要是和你在一起，就算看到的是油菜籽，我的心里一样是吃了蜜一样甜。"

我很惊讶于老丁会说情话，他哪里开窍了？这么甜的情话从他嘴里蹦出来，居然毫无违和感。

"你刚才说情话了，你知道吗？"

"怎么，不喜欢听？那我以后不说了。"

"喜欢喜欢，只是有点不习惯。嘿嘿。"

"喜欢就喜欢，还会有不习惯，你们这些大学生真矫情。"他不屑地瞟了我一眼。我当然不会轻易认输，恶狠狠地瞪了他以示回应。

　　小情侣间的拌嘴掐架让我觉得心里甜腻腻的，幸福感油然而生，所谓浪漫不只是送花这么简单，还包括送你花的那个人。我们在花田间欣赏着花，偶尔拌嘴，眼里、心里只有彼此，这就是浪漫呀。

　　夜幕降临的时候，天空好像自动把幕布开启，首先映入我眼帘的是北斗七星。其实，这么多星星里，我也只认识北斗七星。

　　此时，我在我们的"无敌小三轮"的车头坐着，捧着辣椒拌饭在吃。我招呼在旁边自娱自乐的老丁过来，问他："那是北斗七星吗？"

　　他顺着我指的方向看过去。"是的。"

　　"哦，你可以走了，嘻嘻。"在得到他的回答后，我便过河拆桥。我想，当时的他一定觉得这个女人是脑子有问题了。

　　这一夜我们就地扎营，附近没有什么人家，万籁俱寂。我和老丁十指相扣，身边还有阿宝、阿吉，这一刻我并不觉得孤单。

　　时间过得飞快，一转眼天就亮了。我还在帐篷里打滚的时候，丁一舟不知道从哪里冒出来，很兴奋地对我说："老婆，快帮我拍照！哦，不用不用了，我有手机脚架。"

　　我以为他只是给自己拍了个照，谁知道，他帮我和阿宝也拍了一张萌萌的"起床照"。我嘴角抽搐，只能无奈翻翻白眼。

　　我们继续往昆明方向前进，因为昆明是大城市，我们在那里应该能好好地休整一下。而且昆明有比较好的大医院，可以给老丁做一个全面的体检，这样我们俩都会比较放心。

在路上，我们又发现了新奇又刺激的地方，于是决定在这里再住一晚，第二天去昆明也不迟。那是一个位于水库旁的废弃酒店，水电都还是通的，但是，却不知为什么会被废弃，也许是生意不好或者其他什么原因。

老丁忽然对我感慨道："云南这边的人真的是有钱啊，房子都随便废弃。"

我接了一句："你怎么知道是废弃的？万一是鬼屋呢？"

我很诡异地看了老丁一眼，老丁回了我一句："如果这儿真的有鬼，它敢出来，我就敢把它灭了，打到它魂飞魄散。"忽然老丁话锋一转："鬼也有好、有坏、有善、有恶的。如果是那种可爱的鬼鬼我们就抓它来玩，好咩？老婆？"

"好呀！好呀！"我立刻举双手表示同意。

我们虽然相信科学，但从小就听家里的老人说过一些邪门的鬼故事，对这些鬼神之说还是抱着敬畏之心，同时我也好奇这样的酒店为何会废弃于此，难不成真的有鬼吗？

可惜的是，并没有出现我们所想象的画面，也没有出现我们期待的鬼，我们在那所废弃的房子前睡了一晚上什么都没有发生。第二天我和老丁起了个大早，都在遗憾怎么没碰到传说中的鬼。

在去昆明的路上，我们也去了雷神去过的阳宗海。在阳宗海我第一次见到了传说中的猪槽船。之所以叫猪槽船，是因为船身瘦长，很像云南人以前喂猪的猪食槽，所以当地人都称之为猪槽船。那个时候，刚好是当地的休渔期，所以我看到很多渔船停在了岸边，几百条船排在一起甚是壮观。

那天天气阴霾，不一会儿便下起了大暴雨，由于来不及搭帐篷，我们第一次便借宿到了老乡家。老乡不仅收留了我们，还给我们免费做了蛋炒饭。我和老丁吃得不亦乐乎，一边感谢热情的老乡，一边称赞这来之不易的美味。

忽然很感慨，我和老丁就像是吃百家饭长大的小孩，走到哪里，都会有热情的老乡慷慨解囊，即便只是两碗饭，也让我很感动。中华民族助人为乐的美德源远流长，这种骨子里的善良和淳朴真让人温暖。

第二晚，我们煮了从贵州带过去的粽子，还有一些从附近老乡的菜园子采的豌豆。那晚，我们搭了帐篷，半夜的时候，又下起了暴雨。虽然下着雨凉飕飕的，可是我觉得有我爱的又爱我的他在身旁，什么都不怕了。哪怕我下一秒就离开这个世界，这一秒也是我人生中最留恋、最完美的一秒。谢谢丁一舟给我的这种被宠爱的感觉，也谢谢他在这个浮躁的时代对感情的执着坚持。

现代社会的生活节奏越来越快，大家对感情的理解也不再和之前一样。我觉得我和老丁的爱情就像这快餐盛行的时代里小火慢炖的粥，慢慢融合，越煮越软糯，越煮越香甜。

老丁在帐篷里紧紧搂着我，生怕雨把我淋湿了，还不停地问我："宝贝老婆，你没有被淋湿吧？"

他的声音就像我小时候爸爸给我讲睡前故事那样温柔，他温柔地拍着我，一直到我睡着。第二天一大早，老丁就起床晒睡袋了。用老丁自恋的话说，就是因为他的腿太长了，所以才会把睡袋顶到帐篷外，睡袋才会被淋湿。我扑哧笑他。接着，他就嘲笑我腿短。我呸！扮个鬼脸回他。

白天的他和晚上的他，我觉得区别太大了。因为白天的他有点冷漠，也许是因为开车累了，所以白天的他不怎么爱说话。可是，夜晚只有我们两个人的时候他又总是那么温柔，像一只驯养的小羊羔一样，守在我身边，乖得不得了。

可是，每每到这个时候，我总会不自觉地想一些有的没的。比如我总是会想，我死了以后，谁来帮我爱他，我才会比较放心？我死了以后，谁来帮我照顾他的情绪，谁来安慰他，谁来拍拍他的背跟他说"兄弟，没事的"？我死了以后，他还能遇到和我一样，笑起来这么肆无忌惮的人吗？

我想大概是没有了，这时我突然想到一句话："一生一次一心动，一生一世一双人。"我和老丁的心紧紧相连，这辈子我们互相拥有彼此就足够了。

离开罗平，走过昆明，穿越楚雄，直奔大理。在云南，大理是我最期待的地方，期待见到那里的苍山、洱海、古城、轧染……这一路，我们经过了很多之前雷神跟我们提到过的地方，在阳宗海我第一次见到了传说中的猪槽船，我们仍然多数是搭帐篷，还遇到过暴雨。但是，只要是和老丁在一起，就算看到的是油菜籽，我的心里也是吃了蜜一样甜。

一路上，除了美丽的风景，我们也遇到大大小小的波折。在昆明的时候，车棚出了一点问题，有一点点散。老丁检查后觉得问题不大，为了节省花销，他把其中几个松散的焊接点重新焊接了一下，就继续上路了。

到达楚雄的时候，我们在市区外的山上一个农庄住宿了一晚，20块钱，特别可爱的价格，条件还很不错，干净、温馨。阿宝和阿吉也没有被嫌弃，开心地跑来跑去。这一路上，我们之所以经常搭帐篷，也是因为带着阿宝、阿吉不方便住旅馆。这一夜，我们一家四口都睡得很好，明天穿越楚雄，后天就可以到达梦想中的大理城了。

这一路上我和老丁撒下了无数狗粮。我们并不羞涩，不吝啬对外人秀恩爱，因为我们觉得，爱就要大胆表现。如果爱一个人还要躲躲藏藏，扭扭捏捏，那么这份爱情有什么意义呢？

我衷心祝福那些大胆示爱的人，因为他们都是勇敢的人。大胆追爱吧，趁着年轻，告诉全世界，我们到底有多相爱。

母亲般的温暖

我没有从妈妈身上得到过的那种温暖和力量，
这几天在丹姐身上得到了，这种感觉让我又高兴又难过。

在我心里母爱一直是温暖的。

我回想起小时候妈妈接我放学，

给我做饭的场景，真的太温馨了。

妈妈去世后我一直在怀念那种感觉，

要是妈妈还在就好了，那我也是有妈妈爱的孩子。

　　小时候以为自己有魔法，无论是在树下，在草地上，在山谷里，还是在哪里睡着，都能从家里的床上醒来。可是妈妈离开以后，这个魔法就消失了。

　　我的妈妈因为小脑共济失调症去世了，对于母爱，我的印象还停留在曾经妈妈还能动、为我做饭的时候。每个妈妈都是伟大的，我经常在新闻或者微博上看到母亲为了孩子所做的付出，很感动。

　　印象里最深刻的一个新闻是，一位年迈的母亲照顾自己残疾的双胞胎儿子20年。一位母亲，独自拉扯大了两个儿子，且不说两个儿子是残疾人，没有办法独立生活，就说这位母亲整整照顾了儿子20年，我就感觉已经很伟大了。这到底是怎么撑过来的？也许这就是母爱的力量吧。

　　在我心里母爱一直是温暖的。我回想起小时候妈妈接我放学，给我做饭的场景，真的太温馨了。妈妈去世后我一直在怀念那种感觉，要是妈妈还在就好了，那我也是有妈妈爱的孩子。

　　然而在大理时，我又感受到了久违的"母爱"。

　　到达大理的那天，我和老丁都很兴奋，但可能兴奋过了头，车子飞驰在大理城外的土路上时，突然车身一歪就甩出去了，车棚整个散架了。其实在旅途中车棚散架的事故我们经历过很多次，路那么长，物件磨损也很正常。

　　这次我被车棚整个地掩盖住了，幸好车棚的材质很轻，加上穿得厚，冲击力并不大。老丁也被掉下来的车棚砸得有点儿蒙，回过神来的他第一反应是先看向我，把我从一片狼藉中扒拉出来，发现我没有什么事，摇了摇头，自嘲地跟我说，"本来打算到了大理带你去看《速度与激情X》，结果今天先自己演上了。"

我看他还能谈笑，知道他也没有受伤，顿时松了一口气。这时候，路过的两位中年大哥看到我们车子翻倒在土路旁边的沟里了，立刻热心地跑过来帮我们把车子从沟里拉出来。车棚跟车体已经完全分离了，但好在车子没什么问题，还能正常发动。

老丁向两位热心的大哥表示感谢，突然他的身体顿了顿。我一惊，连忙问他："你怎么了？"

他一手捂着胸口表情痛苦，说："我胸口好像震伤了。"

我看着他紧皱的眉头，焦急地问道："严重吗？"

他一边揉一边说，"还好还好，应该是软组织挫伤。"

我想着他刚才还那么用力地和两个大哥一起拉车，心疼得鼻子一酸，老丁立刻察觉到我的心情，连忙安慰我，"别担心，小事啦，没事的，你看前面就是大理了，咱们的车棚完蛋了，我得到大理加油摆摊，把雨棚钱赚回来。"看他这样说，我也没有再继续问下去。我太了解老丁了，他撑得下去的话他一定会撑，撑不下去了他也一定会告诉我。我这才放下悬着的心。

我们收拾好车子，向着大理城出发，刚才的小事故也随着大理城区越来越近而逐渐被抛诸脑后，心情又变得开朗起来。我听到老丁吹起口哨，嗯，看来他的伤不是特别严重。

进城后，老丁把车子停在了一个刷着红色油漆的铁门前面，过去敲门。过了一会儿，一个头发短短的大姐姐过来给我们开门，亲切地问："是丁一舟吧？"

这个大姐姐就是王丹，到大理之前老丁就跟我说了，有一位热心的大姐知道我们旅行的事儿，邀请我们到大理的时候住到他们家去。我坐在车上，丹姐走到车子前面，问我："我扶你好不好？"

我赶紧说："可以可以。"

我借着丹姐胳膊的力量从车子上下来。平时，老丁可不会扶我，他总是以我得自己多锻炼为理由，什么事情都让我自己做。现在，热心的大姐姐要扶着我走，当然不能错过这么好的机会。丹姐一边扶我，一边调侃地说，"其他的事情我没什么经验，但是扶着喝醉的人走路我还是很有经验的。"

我被她的话逗得捧腹大笑，这亲切感，让我一下子就喜欢她了。我呵呵地笑着借助她的力道走进了他们的家。

老丁真是不见外，到了家里就开始一通忙活，背着我参观各个房间，以及院子里的各个角落。发现院子里有一个水龙头，他立刻兴奋地说："我可以给阿宝、阿吉在这里洗澡了。"

丹姐马上说："可以的，你们还可以在这里给他们修剪一下毛。对了，是不是应该先剪再洗？"

老丁咧嘴一笑说："这个事情我可是行家。"老丁说完便开始忙活起来，把阿宝、阿吉抓来胡乱洗了一通，阿宝、阿吉被他这一顿弄得咿咿嗷嗷叫个不停，眼神一直在向我求助。

丹姐以前是专业的媒体人，几年前打造了"四十英尺"乡村民宿，如今在大理过着原地旅行的生活。她没有像其他朋友一样，问我们为什么要出来旅行，而是跟我说了她自己对于旅行的看法。"人为什么要去旅行？喜欢别人的东西，喜欢到别人门口去张望，去看看别人的日子怎么过，别人在什么样的场景里生活。大概，就是这样一种好奇心，让人们一次又一次去出发。"

我听了这番话特别有感触，我和老丁就是这样。丹姐说的"张望"，其实就是我们所说的"遇见"，丹姐想看一看别人怎么生活，这些人也是我们在旅行当中期望去遇见和看到的。

相遇是一种偶然，相遇是一种缘分，总有一些不经意的相遇，照亮了旅途的风景。这段日子的旅途见闻仍历历在目，从刚开始旅行时遇到的怀玉先生、李哥、梁爷爷、雷神、好心收留我们的老乡……再到现在的丹姐，我们顺应天意遇到彼此，不是擦肩而过的陌生人，是在对方生活中画下浓重一笔的交心好友，是人生路上一道美丽的风景线。

住在丹姐家的那几天，我们聊了很多类似的话题。她扶着我参观她准备的每一个原地旅行主题的房间，每一个房间都有独特的味道；她给我看她和爱人结婚纪念日的时候做的纪念品，写下的字；她还给我们准备了特别好吃的饭菜。

看着丹姐，我突然有些恍惚，这种陌生又熟悉的感觉，很亲近，很温馨。丹姐的影子渐渐和妈妈的影子重合在一起，这种感觉真的好奇妙，好温暖。

之后，她带我逛了大理古城，吃遍古城里的小吃，看村子里独特的照壁，独特的院子，带我去编具有大理特色的小辫子。做完这些事，还带着我认识了另一个归隐在大理的城市小资——Sting，一位来自香港的咖啡大师，曾经做过十余载的日本料理厨师。

酷酷的 Sting 大叔，留着长长的头发，戴着黑框眼镜。在他那里，我第一次见到带皮的咖啡豆，是他们在无量山自己种植的。

有个性的人从来不在意别人的看法，他们只在乎自己是否活得开心。

Sting 是一个特别潇洒的男人，他最让人羡慕的地方就是无拘无束，天马行空。他喜欢这样的生活，也是这种自由，成就了他由内而外的潇洒气质。我问他，你能教我做咖啡吗？他立刻说，行，我教你调一款特别好喝的咖啡。

他手把手教我怎么把咖啡豆磨成粉，怎么烧水，怎么冲泡。他说简单手冲的咖啡就很好喝，但是手法很重要。我帮他把咖啡豆装袋，装袋的过程中忍不住偷吃了一颗。Sting 很惊讶，问我："你不觉得苦吗？"我说："还好，尝到了那个香味。"他听了很慷慨地送了我一大包咖啡豆，我简直乐开花，连连跟他说谢谢。

离开的时候，Sting 大叔对我说："世界那么大，要去看看，不要管别人说什么。"我点点头，这句话真是说到了我的心里，我和老丁就是要去看看这世界到底有多大。

一路上我们不知道听了多少质疑的声音，甚至有人说我和老丁只是在作秀，炒热度。现在的我对这些已经毫不在意了，人活在世上不过短短几十载，如果一定要讨好别人，在乎别人的看法，那多累。我就是要特立独行，做我自己。

丹姐带着我逛大理，品咖啡。另一边，老丁在紧锣密鼓地修理车棚。他要重新焊造整个的车架子。吸取了上次的教训，他决定这次不能含糊，要彻底把架子弄得更结实更安全，我想他这个时候一定非常想念雷神吧。

老丁弄好车棚的主体架子之后，我和丹姐也回到家。我看他满头大汗，提议让他先停下，跟我们一起出去逛逛，回来再接着弄。原本老丁坚持要修完车子，但是一听说我们上午去了那么多地方，还品了咖啡，也来了兴致，嚷嚷着说自己也要去。

下一站，丹姐带我们去了韩湘宁美术馆。我的天哪！这简直就是一场梦幻般的相遇，以前的我大概从来没有想过，有一天，我能在大理碰到韩湘宁这样的妙人，还有他的美术馆。

我很喜欢三毛，三毛的《雨季不再来》中写到过韩湘宁，见到他的那一瞬间，我仿佛觉得我也见到了三毛，开心得像个傻子。韩湘宁有一个有认知障碍的女儿——伊娃。伊娃喜欢画画，所以韩湘宁就造了这个美术馆。韩校长提到伊娃的时候，那个自豪的样子，让我突然想起我的爸爸，如果我爸爸还在的话，相信他提到我的时候应该也会是这个自豪的样子，我坚信。

离开丹姐家的时候，她跟我说："我们家有四个孩子，都在路上。现在你们也要继续出发了，你们也像我们家的孩子一样。"

那一刻，我突然就崩溃了，眼泪哗哗流出来。我知道，经过短短几天的相处，丹姐已经把我们当成家人一样了。她把我当作自己的孩子一样，给予我无微不至的关爱，生怕我有哪里不舒服，同时也很善于观察我的内心变化，也会跟我谈心，倾听我说话。我没有从妈妈身上得到过的那种温暖和力量，这几天在丹姐身上得到了，这种感觉让我又高兴又难过。

我又开始怀念起妈妈。如果妈妈在，也一定是这样的吧，我在丹姐这里也感受到了母爱，不算遗憾了。

生活本来就是人来人往，分别后我不知道他们还会不会想起我，会不会在意我的动态和我的点点滴滴。以后如果再相见，我们再好好珍惜。

丹姐是一个智者，是很懂生活的一个人。她给我的力量和温暖，让我对她产生了很强的依恋，但我知道我们必须要继续前行了。

再遇"雷神"

虽然知道我们还会和雷神相遇，

但没想到这一天来得这么快，我真的开心极了。

史怀哲在《敬畏生命》里说：

世界之所以美丽，

是因为所有生命都有着平等的价值，都应该受到同样的尊重。

因此，任何人都不能无故伤害其他生命。

人与人，人与动物，人与自然之间，不应该是征服与被征服的关系，

而应该是和谐相处的关系。

摩梭人做到了——敬畏大自然，这是非常难能可贵的。

　　我还沉浸在离别的悲伤中，老丁就给我带来了一个令人振奋的消息：雷神来了。他没说为什么会来大理找我们，但是我知道，他还是不放心我跟老丁单独进藏，所以，他来了。

　　虽然知道我们还会和雷神相遇，但没想到这一天来得这么快，我真的开心极了。

　　雷神来了，老丁和他又开始大改车辆。

　　我和阿宝、阿吉在一旁看着他们折腾，仿佛一下子回到几个月前在隆安的日子。果然，老丁在折腾车子这件事上是非常需要雷神帮忙的。他们把车子整体架构、动力等方面都进行了调整，动力整个翻倍，老丁兴奋得不得了，嚷着这下进藏爬坡肯定没问题啦！

　　改装完车子，我们终于有时间好好玩玩了。离开大理之前，我们开始了两天的环洱海行动。

　　洱海真的好美，在这里，心灵和身体好像被洗涤了一般纯净。

　　想化作洱海的风，只为这苍山洱海纯净的美。洱海的风，一定能吹散所有的不愉快。在这里，我们拍了很多照片，恨不得每天都能看到这么美的景色。

　　我们在洱海边上露营，还遇到了一辆同样是三轮车改造的房车。

　　那个房车很酷，没有前轮，却装有太阳能板。主人不在，只有车被锁在洱海边上，我们看不见里面。晚上，主人终于回来了，我们才知道这辆房车是德国人克里斯和他的宠物貂尼莫的家。克里斯独自设计制造了它，还用摩托车拉着到处旅行，这让我们肃然起敬，又是一枚大神。

和我们一样，他也是个家在路上的人，一路走一路工作，走到哪就住到哪。克里斯中文不错，完全可以和我们进行无障碍交流，甚至老丁和雷神讲的一些俏皮话他都能听懂。对了，我们一家四口和雷神都觉得他长得超像乔布斯。

克里斯跟我们介绍了他房车里的全部家当，很简单的物品，帐篷、睡袋、一些锅碗，但满足日常使用完全没问题。在跟他聊天的过程中，我们得知他这样的生活方式在欧洲是常态，人们都喜欢开着这样的房车四处走。

当然，像他这样开着房车走到中国的也有很多人，他说，说不定我们这一路还会碰到别的像他这样的德国人，我们听完都大笑起来。德国家庭对孩子的教育也跟我们国家不同，克里斯说他们那边的孩子大学毕业后大多要外出流浪一段时间，然后再回来确定自己喜欢的生活方式，这个过程家长不会过多地干涉。

我们听了都很感慨，在我们这里，很多孩子大学毕业之后都还是听从父母的安排，选择自己还不清楚到底是干什么的职业，然后工作，结婚，生孩子，养大孩子……这真的是很不一样的理念，不能说哪种理念不好，也不能说哪种理念好，或许应该互相借鉴，互相渗透，才能越来越好吧。

老丁说，听完克里斯的话，感觉他们的生活中房子、车子、票子占的比例相对小得多，自由选择生活的权利更多，生活方式比较多元化。

我们问克里斯他这样生活的感受，他就说了两个词：喜欢，舒服。我和老丁点点头，相视而笑，这也是我和老丁这几个月走下来的最大感受：喜欢，舒服。老丁还非常感慨地对我说，这都是我的功劳，是因为我，他才跳出了那个所谓的"刚需"怪圈。我觉得所谓的"刚需"从来就不是一个刚需，重要的是你的行动是不是真的遵从你的心。如果循规蹈矩的生活不能给你带来满足感，那不如放飞自我，随心所欲一次，说不定更好。克里斯的这种理念我们是十分赞同的，尊崇内心所想的生活方式，才是自由的最高境界。

克里斯的尼莫也很可爱，我好喜欢。它是一只雪白的貂，有点像短脸的老鼠，不过没有老鼠那么可怕，毛茸茸的摸起来很舒服。聊天的时候我一直把尼莫抱在怀里，阿宝、阿吉在一旁看着，一副莫名其妙的表情，老丁搂着他俩说，"阿宝、阿吉，妈妈有新宠了，不爱你们了。"我嗔怪他说："你别乱说，阿宝、阿吉才不会像你那么爱吃醋。"

本来我们的计划是，结束环洱海行动之后直接往丽江走。可是两天下来，发现车子的电力还是耗损了不少，可能没办法开到丽江了。雷神看了下我们的吃喝物品，也觉得不够撑到丽江。

老丁和雷神一合计，决定还是先折回大理古城进行充电和采购。这一趟折返补给可了不得，因为除了物资采购以外，阿宝居然邂逅了它的爱情。一路出发走到现在，我还从来没见过阿宝对任何一条母狗那么温柔。那是我们在镇上采买补给的时候，走着走着突然发现阿宝不见了，折回去找它，发现它在跟一只小母狗耳鬓厮磨。老丁说："看，咱们阿宝长大了，想谈恋爱了。"

雷神煞风景地接了一句："它那是发情了！"雷神的毒舌总是踩着我的笑点，我简直要笑崩溃了。我们走过去，问了小母狗的主人，得知它的名字叫作"不存在"，好有意思的名字。

不存在的主人很想让阿宝和不存在配种，但是却苦于它不在发情期，而我们补给完毕后明天将向丽江出发，也只好让它俩随缘了。就这样，阿宝的初恋就这样莫名其妙地开始，又莫名其妙地随缘而散了。

做好所有的准备工作，我们又要出发了，离开大理，前往丽江。就像之前离开每一个地方的时候一样，很不舍。大理的生活节奏真的太让我喜欢了，大理古城中每一个人身上都散发出悠闲的气息，那种气息足以感染每一个在这里停留的人。

我要感谢在大理所遇见的朋友们，丹姐的话、Sting 的咖啡、韩湘宁的美术馆、克里斯的旅行感言……他们给了我们不同的体验，不同的关怀和支持，但相同的是他们都给了我们很多力量，让我们更努力去继续我们的旅行的一种力量；我还要感谢苍山洱海，它们给了我们美好的风景，刷新了我们对自然的感悟，我以后一定还会带着家人再回来；我也要感谢雷神，他追我们追到了大理，还要继续陪着我们进藏，去布达拉宫。他的到来，让我和老丁往后的路程多了很多安全感，启程雷神开路，扎营雷神做饭！再见，大理！

雷神来跟我们会合，老丁是很开心的，因为前行的路上车子再有任何故障，他都不用担心了。雷神来之后的第一件事就是帮我们把车子从头到脚整个调整了一遍，该换的零件都换了，该调的部件都调了。

老丁兴奋地跟我说："你知道不？他简直是个超人啊！什么都能修，什么都能改，他在电子方面的技术能甩我八条街，他来了就相当于我们车子的保护神来了。来吧，咱们可劲儿造吧！"

我知道，雷神是在这方面有真正专业知识的人。100伏耐压的电子零部件、控制器在第二行就能试出结果……这些在我听来简直是天方夜谭，但他如数家珍，就像说今天这个苹果比昨天那个橘子好吃一样平常。他在忙碌的时候，老丁在旁边就像是一个打杂的小跟班，一边虚心听着师傅的指点，一边点头认真记住这些专业的门道。

雷神确实在某种程度上弥补了老丁的粗心，他会提醒老丁，塑料的东西不能经常曝晒，会变脆；车前部有泥的地方要经常洗，要不然泥垢积得厚了更不好清理了……

总之，有他在，我和老丁都非常放心，也省心不少。我问他为什么要来大理找我们，他酷酷地说："去年去西藏没有玩够，然后今年还想再去看看。"他拍了桌子一下，继续一本正经地说："哦！对了，还有上次去西藏拍的照片像素都太低了，我要去重新拍一些照片。"

我们自然是不信的。雷神再三强调不是专程来找我们的，只不过恰好偶遇罢了，但我和老丁了然于心，雷神是那种死要面子又嘴硬的人。

其实我知道，他就是不放心我和老丁单独进藏。

雷神说老丁像块木头，跟他完全没办法进行深度交流，很多情况下只得无奈收尾。

晚上，我们露营扎帐篷。帐篷还没扎好，雷神开始摆弄他的三脚架，拿出他最新装备的高级单反相机准备拍星空。老丁在扎我们的帐篷，我则在一旁优哉游哉地看着各自忙碌的两个男人。

我问雷神："你这是要拍星空吗？可是今天没有月亮啊。"他回过头翻了一个白眼给我，无奈地说："拜托，你不知道拍星空最忌讳的就是有月亮吗？""啊？为什么？"我好奇地问。他又翻了一个白眼给我，简单粗暴地回答："没有为什么，不要问那么多问题。等你家老丁扎好帐篷你赶紧睡觉去！""哦！"果然，还是一样的雷神，还是一样的语气，哈哈。

准备好摄影的装备，他也开始忙着弄自己的帐篷。突然，他停了下来，问老丁："哎，你用的哪个帐篷骨架？"老丁从扎好的帐篷里探出头，"啊？就那一堆里随便拿的啊。""你用了我的骨架！"雷神脸一黑，我在旁边看热闹，等着看他俩怎么掐架。

老丁一副无所谓的表情，说："不都一样喽，你用剩下的那几根就好了。"雷神看了老丁，又瞅了瞅剩下的骨架，拿起一根凑到鼻子下面闻了闻，说："哎哟，连帐篷骨架都能搞出一股奇怪的味道。"我忍不住哈哈地笑出声，老丁也跟着笑起来，说："能有什么奇怪的味道，不就是阿宝和阿吉喜欢在帐篷旁边搞定大小便嘛。"

阿宝和阿吉听到老丁叫他们的名字，也直直地盯过来。雷神面对着我们一家四口的注视，简直要崩溃了。他哀叹一声，拿出纸巾好好擦干净每一根骨架，才开始扎自己的帐篷。我在旁边看着这两个相爱相杀的男人，简直笑得快不行了。确实，多了一个人的旅行，也多了一份快乐。沿途的风景神奇而美丽，我们无法预知前行的道路上会遇到什么，或许是碎石，或许是陡崖，但无论是什么，都无法改变我们对旅行的向往和迷恋。如雷神之前跟我们所说的一样，随着进藏路程的深入，路也确实越来越难走了，碎石路很多，我们的轮胎磨损很严重，不得不更换了新的外胎。

一段时间的相处下来，他们俩已经有了默契，但是嘴上还是谁都不服谁，一路都在各种斗嘴。车子没电了，老丁把车停下坐在一旁等待雷神想办法。

雷神就问他："请问你为什么停下了呢？"

"因为没电了。"

"为什么没电了？"

"因为没电了啊！"

"为什么没电呢？"

"我哪知道为什么啊？"

"那你有什么解决方案吗？"老丁想了想，坏笑着大喊："雷神，发电！"这两个大男人有时候真的像孩子一样幼稚，斗嘴归斗嘴，他俩也没忘记干活，还真就把没有电的车发动了。

每一个转角都是风景。当我们接近摩梭人居住地的时候，就有一种完全不同于大理的感觉。

当地摩梭人相当古老，至今仍保留完整的母系家庭结构和与之对应的走婚习俗，也被称为当代的"女儿国"。摩梭人女性和男性均不结婚，除非是家族需要女性继后或男性劳动力才会娶妻或招婿。青年女男日间多为集体活动，通过歌唱、舞蹈向心上人表达心意，有了感情基础后，二人均同意，可以进行"走婚"。

摩梭人很懂得和自然和谐相处。在这里，我们见到很多原生态的人和事，摩梭人至今大部分仍然住在木屋中，如果你没有亲眼看到那些木屋，你不会相信，在这个时代，还能有这样的生活方式。他们安于自己的这种原始的生活方式，他们还会极力劝阻来往的游客，请大家不要破坏环境，保持自然环境最天然的状态。

史怀哲在《敬畏生命》里说：世界之所以美丽，是因为所有生命都有着平等的价值，都应该受到同样的尊重。因此，任何人都不能无故伤害其他生命。人与人，人与动物，人与自然之间，不应该是征服与被征服的关系，而应该是和谐相处的关系。摩梭人做到了——敬畏大自然，这是非常难能可贵的。

然而即便如此，很多当地居民都说，摩梭人已经越来越少了。我们听了这些非常感慨，因为无论经济如何发展，无论城市如何变迁，最美的永远是大自然，最美的永远是原始的纯粹。

现在我们的旅游业一直在快速发展，每一年都有无数的旅游景点被开发或者正要被开发，越来越多的风景从原生态变得商业化，仿佛是经过流水线加工一般整齐划一。这样真的好吗？我觉得不好。

继续向前，从卫星图上面看见有一条山路到虎跳峡后面的大具乡。雷神说省道可能会堵车，建议我们走山路，能快一些到达下一站。因为他来过，所以我和老丁在路线上都听他的，避开堵车的省道，改走山路。走山路除了效率高，能省一个小时的时间，还有额外收获。上山后我们看见了远处的哈巴雪山，那个如仙境般云雾缭绕的白茫茫雪山顶，让我们瞬间觉得自己真的已经到达仙境。这景象真的太美了！

雷神看着我和老丁没见过世面的样子，酷酷地说："瞧你们俩那样，赶紧往前走吧，近距离的哈巴雪山更震撼。"

我和老丁对望一眼，赶紧驾上车子继续前行了，但是这一次抄近路却没有那么顺利。意外发生了，我们的小三轮因为路况太差翻车了。前面好几次小事故我都没有被摔出车外，这次，连我都未能幸免，也被摔了出来。还好老丁第一反应是护住我，所以我的身体没有特别重地摔在地上，而是摔在了他身上。老丁搂着我长叹一口气，碎碎念着，还好还好，扶我起来。

老丁又检查了一遍我的身体，确定我真的没事，只是手臂上有几处擦伤，这才跟雷神嘀嘀咕咕感慨悬崖峭壁都走过来了，结果倒是在相对平稳的路边翻了。然后两人开始商量怎么把车子从下面给弄上来，最后是卸掉全车装备两个人合力前前后后花了一个多小时才把车子从峡谷推到了路边。老丁看了雷神一眼，感叹道："这近路省一小时，但是翻车耽误了一小时，看来有些近路是真的不能随便抄啊！"

雷神则是无奈道："常在河边走，哪能不湿鞋；常在江湖飘，哪能不挨刀。"

"你不仅挨刀，还挨我削。"

这两个人，一有空就斗嘴。斗嘴归斗嘴，他俩也没闲着，把东西都整理好了，我们又在原地休息了一下。

休整好了状态，我们继续前行。山路不堵车，风景美，唯一美中不足的就是太难走了。之前刚换的轮胎又爆了。我们的车走不了，只能原地等待。雷神单骑前往永宁乡买轮胎，但是我们等了半天，他都没有回来。一直等到天都快黑了，还不见雷神回来，老丁说："你说这小子会不会出什么意外了？"我也有点儿担心，但是还是相信这个全能小王子应该不会出什么大的状况，可能是被什么事情耽搁了。

这种情况我们没有遇到过，不禁担心起来。这里四面是山，遇到什么野兽也是有可能的，随着时间一分一秒过去，我和老丁的心也越来越沉重。

正在我们一筹莫展的时候，远远地看见一队人走过来，其中一人正是雷神。老丁赶紧跑过去询问情况，这才知道，原来是雷神买了轮胎回程的时候，他的小两轮控制器烧坏了，可是备用控制器全在我们的三轮车上。而他当时的位置前不着村后不着店，就这样被困在山中了。最后，幸好是一队当地的摩梭人路过并发现了他，帮忙把他连人带车运下了山。我问雷神有没有受伤，他还是一副酷酷的样子，说："不就是个小事故嘛，受伤？不可能的。"

老丁在旁边嘲笑道："这下我可算知道了，你这个大神也不是真的无所不能，起码没有控制器，你寸步难行，哈哈。"

雷神白了他一眼："你行你来。"

无论什么时候这对欢喜冤家总能斗起嘴来，我被他们的话逗得乐不可支。

雷神说完情况，跟我们介绍了搭救他的这队人，他们是当地的摩梭人，村子就在前面不远处。他们的领队人热情地邀请我们去他们的村子做客。我们一想天也快黑了，怎么着也得明天才能换轮胎了，既来之则安之，那就走一趟体验一下当地风俗吧。

他们的领队人一直说，这就是我们的缘分，人不留，天留人。不管你几辆车，几个人，老天让你留下做客，你就走不了了。说得太对了，所以我们就顺应缘分，顺应天意，好好享受这难得的相遇吧。

在摩梭人的村子，我们感受到了当地村民真挚的情义，度过了开心、温暖的一夜，还品尝到他们的特色美食，听了很多他们村子有趣的故事。

这个相遇真美。

摩梭人属于纳西族的一支。他们的习俗中有一个很特别的"谢狗"仪式。为什么要"谢狗"呢？我们好奇地追问。老乡说，他们的祖先认为狗是从天神那里给人间带来五谷种子的，甚至有传说说是一条黄狗救了摩梭人的始祖——一位美丽的姑娘。有了这位姑娘，才有了摩梭人世世代代的生息繁衍。因此，狗在摩梭人的心中有着非常崇高的地位，而摩梭人和狗之间也有着非常深厚的感情，他们是不吃狗肉的。

我若有所思看着阿宝、阿吉，看来阿宝、阿吉在这个淳朴的原始村落地位还蛮高哩。

我们远离了城市的喧嚣，忘记了追求功名利禄，忘记了钩心斗角，回归了自然，才懂得了这大山里难得的质朴和纯粹。这才是我们一直想要的东西。

奇妙爱情关系

白天还在互相赌气发誓不再理对方，晚上就像啥事都没发生过一样。

感情平平淡淡才是真，细水长流才是爱。

我和老丁的爱情虽然没有像电视剧那样轰轰烈烈，

但也算是可歌可泣的爱情了。

我想，最幸福的感情莫过于，

与另一半携手过柴米油盐的日子，彼此相守相伴一辈子。

我们的旅途仍在继续着，告别了可爱的摩梭人，我们又向西藏进发了。

西藏，美丽的雪域高原。在这里，每年都有无数骑友辛苦跋涉而来，一是因为西藏的美景本身就有很大的魅力，二是因为这种不断挑战自我的感觉是很令人着迷的。

从美丽的香格里拉一路走过来，就到了梅里雪山，这里是云南最靠近西藏的地方了，再往前走，就要进藏了。

我们一行人也逐渐开始有高原反应。之前在大理城的时候，老丁就非常不放心我的身体状况，所以我们特地去当地的医院做了身体检查。

一开始医生非常不赞成我这样的身体还要去西藏这样高海拔的地方，觉得我们俩就是疯子。后来，他看我们确实很执着，这才改变了策略，开始从专业的角度告诫我们应该如何应付高原反应，以及身体出现不适情况的时候应该采取哪些措施。老丁还跟医生学了必要的急救知识，这些都让我们面对即将到来的高反，更加从容淡定。

当然，还有雷神，大概是雷神提前跟我说了很多高反的状态，让我内心对这一切已经有了一些准备，所以当越来越靠近高原的时候，身体反倒没有出现太强烈的反应。

身体尚且在逐渐适应的可控范围内，但情感就有点儿失控的架势了，我和老丁，又吵架了。是的，又，事实上，我已经不记得这是一路上我们第几次吵架。

在别人眼里，我们这一趟很潇洒的旅行，应该是只有甜蜜浪漫，只有同甘共苦，只有相依相偎，只有彼此扶持，但实际上，这怎么可能呢？

我曾说过我和老丁并不是大家所想的那种相敬如宾的关系，实际上我们常常斗嘴争吵，但又很快就和好了。大概也是因为老丁实在放心不下我，我也偶尔服软撒个娇，这矛盾就算是过去了。

人与人之间的相处是个很奇妙的过程，我一直非常自信且坚定地认为，我和老丁的默契度是非常高的，但即便如此，我们还是有意见不同的时候。因为老丁平时对我还是非常忍让的，所以让我养成了有话就要说的习惯，但是冷静下来想，就会发现，很多矛盾，都是因为有些话大概其实可以不说，而非要说，那就会吵架。

那天，我们到达白马雪山垭口的时候，停在一处驿站充电。老丁说感觉高原反应越来越明显了，和雷神商量着接下来的路程怎么安排才能让我更舒服一些。我一听就急了，我不要当包袱，逞强的我打断他们的讨论，直接说我没关系，你就正常走，不用管我。

老丁斜睨了我一眼，没有说话，雷神也没有说话，但是气氛莫名的很沉重。我继续说，之前怎么走的就继续怎么走啊，这有什么好商量的，我完全没有问题啊。老丁就爆发了，他低声吼了我一句："闭嘴吧你！"

雷神也示意我让我不要再说话。我顿时觉得委屈极了，眼泪啪嗒啪嗒就往下掉。我拿出纸巾一边擦一遍委屈地继续说："你凶我做什么？"

老丁这下更不耐烦了，大声地吼道："自己不能动弹，还在那儿一天到晚瞎指挥。"

然后我也爆发了，我嘶吼着对老丁喊："好，是我的错！我没有资格讲你好了吧。"

老丁叹了一口气，没再说话。一旁的雷神就像看到父母吵架不知道该帮哪一边的孩子一样，无辜地看着我们俩，也叹了一口气。

情绪不好的时候，说出的话是容易让自己也让别人失控的，但即使我们知道这一点，也往往没办法完全理智地控制好我们的情绪。不过，也正因为这样，我们人类才更可爱吧，我们有喜有怒，有乐有忧，有真实的情感。

对着最亲近的人，我们总是没有办法好好地控制情绪，反倒是在陌生人面前，我们为了保持形象才不得不装出一副大度的样子。我和老丁在彼此面前是喜怒哀乐都写在脸上的，我们清楚对方不会记仇，所以才会如此肆无忌惮地朝对方发脾气。

和老丁每次吵完架，我都很难过。我总在反思，企图避免下一次，但事实上是无法避免的。我也是在两个人吵了无数次之后，才慢慢认清这个现实。但我还是很开心，因为我们虽然吵架，最后还是会和好，就像没有吵过架那样。

事实也是如此，当天晚上在旅馆休息的时候，我们就和好了。白天还在互相赌气发誓不再理对方，晚上就像啥事都没发生过一样。老丁逗着我，哄着我，说着："好啦，你最可爱行了吧，嗯，你就是天底下最可爱的人。"

　　然后我就笑了，明知道那是个非常肤浅的逗人套路，但我依然心甘情愿被套路，因为我知道，我有一个世界上最好的老公。

　　夫妻，不是一辈子不吵架，而是吵架了，还是想着过一辈子。我和老丁都明白我们都离不开对方，所以才会肆无忌惮地发泄自己的小脾气。

　　我时常在思考我存在的意义，没有才艺，也没什么特长，感觉自己很普通，就是那种普通到尘埃里，风一吹就消失的，芸芸众生里的甲乙丙丁。老丁的安慰和包容让我渐渐明白，其实每个人的存在都是有意义的。

　　感情平平淡淡才是真，细水长流才是爱。我和老丁的爱情虽然没有像电视剧那样轰轰烈烈，但也算是可歌可泣的爱情了。我想，最幸福的感情莫过于，与另一半携手过柴米油盐的日子，彼此相守相伴一辈子。这个世界那么多人，适合你的只有一个。希望每个人都能遇到那个对的人，找到自信又闪闪发光的自己。

平凡人的光辉

这个世界上一直有很多"逆行者",

他们总是做着一些常人认为"不可能"的事。

少年富则国富，

少年强则国强。

很感谢像阿牛老师这样心中有大爱的人，

无私的奉献，

将会带来更好的未来。

在这里，我们邂逅了一位堪称伟大的人。听了他的故事，我想你一定会感动到流泪。

认识阿牛老师后，他开着他的车，带我们去高山草原采虫草。车子在崎岖不平的山路上被颠得起起伏伏，我们坐在车里，也被颠得东倒西歪。但这丝毫不影响阿牛老师热情地向我们介绍虫草的珍贵，像是在展示他最珍爱的宝贝。

车子行驶到一半的时候，老丁突然让阿牛老师停车，车刚停下来，老丁就冲了出去。阿牛老师问我，他怎么了，我尴尬地笑笑，回答说："他晕车了。"

是的，在我眼里一直如英雄般存在的老丁，居然，晕车了。我看到他站在路边，弯着腰，不停干呕的样子，心疼的同时，又觉得好笑。我突然想到，此时这么狼狈的老丁，怎么没被相爱相杀的雷神嘲笑呢？

一回头，看到雷神也是面色发白，一副努力挣扎在晕车边缘的样子。哈哈，这个画面真的太好笑了，两个大男人竟然都晕车了。

总算有一点我强过他们两个大男人了，因为长期坐车，我已经习惯了，早就没有晕车的烦恼。

阿牛老师下车查看老丁的情况，老丁说他不要坐车了，要一路走上去，阿牛老师说，有点儿远呢，要走很久的。老丁坚决地说："没关系，我可以，我走上去。"于是阿牛老师告诉他路线后，老丁一个人走着上山，我知道，那个晕车的程度应该是到他能承受的极限了。

到达草场的时候，我问阿牛老师："这里海拔有多高呀？"他说："有大概 4500 米。"

我一声惊叹，看着眼前的景象，不禁感慨万千。我只知道虫草珍贵稀少，却没想到竟然是生长在这样艰苦的环境中的，也难怪市场上的虫草能卖出那么高的价格。阿牛老师说，他们的牛群都养在这里，挖虫草也是在这里。我们下了车，等着徒步走上来的老丁。等了好久，远远看到老丁还有阿宝、阿吉的影子，对，这两个可爱的小家伙也是一路跟着老丁徒步走上来的。

我正要招呼老丁，就听到阿牛老师大声喊道："不要碰那些牛，危险。"

我一看，原来有一群牛正在靠近老丁他们，我立刻和阿牛老师一起大声喊起来。老丁听到我们的呼声，绕开牛群快步向我们跑过来，阿宝阿吉也一起跑到我身边，我亲热地拍了拍两个小家伙，你们辛苦了！老丁走过来，给我们描述刚才惊险的一幕，说要不是阿吉冲牛群一直狂吠，牛群就要包围他们了，阿吉真好，真的是个英勇的护卫犬。

大家会合之后，老丁和雷神跟着阿牛老师，还有阿牛老师的弟弟，一起爬到山坡上去挖虫草了。我行动不方便，只能留在车里远远地看着他们。阿宝留下来陪我，阿宝总是这样，这一路上，每到一个陌生的地方，阿宝都会守着我，直到它确定周围是安全的，才肯放心跟阿吉到处去玩。

我看着老丁他们，距离太远，看不清他们的表情，但我能感觉到老丁很兴奋，挖虫草一定是一件非常有趣的事儿。虫草一般会露出两三厘米的"小尖尖",视力极好的人才能在这厚厚的草地上发现它们。我是近视,左看右看也没看到有什么特别之处。我看到他们一群人一会儿换一个地方,一会儿停在一个地方好久。老丁和雷神一会儿欢呼雀跃,一会儿又安静地趴在山坡上挖呀挖。挖虫草是一件很讲究的事,为了不破坏环境,当地人挖完了虫草还要把泥土埋回去,恢复原样。这次幸好有阿牛老师带着我们,才让我们体验了一番挖虫草的乐趣。

等了好久,他们才从坡上下来,回到车里。雷神向我展示着战利品——三棵虫草。他说:"阿牛老师说了,要把这三棵虫草送给我们,因为他觉得是我的好运让他们这一小会儿工夫就挖到了三棵。"

我惶恐极了,不敢接受这么贵重的礼物,尤其是阿牛老师说,有时候一天都挖不到一棵的时候,我更不敢收了。我说我们只要一棵,另外两个都还给阿牛老师,他坚决不收。他慈祥地看着我说:"你吃吧,你吃这个,对身体好,它什么病都能治。"因为这句话,因为淳朴的阿牛老师,我又一次被感动得热泪盈眶。

之后,阿牛老师带我们去了他弟弟家,还跟我们讲了他的故事,还有他和他的学校的故事。

19 年前,阿牛老师 30 岁,当时,他还是云南迪庆的一个只字不识的普通牧民。有一次,他开车去昆明,由于不识字也不懂汉语,违章后只能不停地跟交警说唯一会说的汉语"谢谢"。之后,他就有了一个新名字——谢谢。

　　说到这里，阿牛老师有点不好意思了。他正正身子，继续说，也是因为这个事，让他觉得学文化太重要了，也让他萌生了办学校的想法。

　　1997年的藏历新年，阿牛老师跟全村男人一起上山烧香时，说了他想办学校的想法。他们都不认同，因为那时候的阿牛老师一个字也不认识，家里又没有钱。而且在这大山里，根本没有老师愿意来，也没有家长愿意把孩子送去读书。在大家的眼里，这根本是不可能的事。

　　当时，只有两个僧人表达了对他的支持。一个表示愿意把房子借给他做教室，另一个表示愿意教孩子藏文。当晚，他又向家里人说了自己想办学校这个想法。同样，家里人也都不赞同。面对来自各方的反对，阿牛老师说他当时没有反驳，而是直接行动起来，走了60多公里路，找来了学校的第一位老师。

　　开学的第一天，学校只来了三个学生，但是阿牛老师还是很开心。那一天，云南省迪庆藏族自治州德钦县普利藏文学校就这样成立了。

　　阿牛老师的学校是免费的，他说学校就是为穷人的孩子准备的。而且，那些孩子的家并不在县城里，有的还住得很偏远，所以，在阿牛老师学校读书的孩子大部分都是住校的。住宿制的学校，食宿都是需要操心的大问题，尤其是吃饭。阿牛老师的学校食宿也全部免费，他说，学费不能收，食宿费当然也不能收，钱的问题我来想办法。因为他太知道家乡为什么教育落后了，就是因为穷，如果要收钱，那很多孩子的父母都不会再让他们的孩子来上学。为了让更多孩子接受教育，他努力打工挣钱，解决孩子们上学的所有费用问题。最困难的时候，他甚至把家里的牛和农用车都卖了。

讲到这里的时候，我的眼圈红了，瞬间对阿牛老师肃然起敬。阿牛老师拍了拍我的肩膀，安慰道："没事没事，现在好了，有很多捐赠机构会定期给学校捐赠物资，最难的时候已经过去了。"

我点点头，还是忍不住在内心一遍遍感慨。这个世界上一直有很多"逆行者"，他们总是做着一些常人认为"不可能"的事。阿牛老师越是一副理所当然、毫不在乎的样子，越让人觉得他是真的伟大，这样的"逆行者"太值得人去尊敬了，这份淳朴的大爱，让的孩子有了更温暖的归宿，更光明的前途。

最初，阿牛老师的家里人不赞同他办学校这件事，后来，看着他靠自己的努力一步步把学校办起来，渐渐理解了他这么做的初衷，也都开始支持他。他的弟弟为了让阿牛老师心无旁骛地办学校，主动承担了家里的大小事务，把家管理好，妻子也为了家里在全力以赴地操劳。他们用自己的行动默默支持着阿牛老师，阿牛老师就全心全意地照顾着他的学生，办好他的学校。

有了家人的支持，有了捐赠机构的帮助，阿牛老师的学校渐渐有了起色。普利藏文学校至今已经成立19年[1]了，阿牛老师19年如一日地培养教育这些孩子们，一遍一遍地教导孩子们要做一个好人、一个善良的人。

---

[1] 此文写于2016年，该校已于2019年撤销。——作者注

因为他觉得，只有好人接受了教育才会做好事；而坏人一旦学会了什么，很有可能会做坏事，去伤害别人，这样不好。这十多年，数不清的孩子在他的辛勤教育培养下，茁壮成长，成为善良的人、有用的人，成为懂得感恩的人。有些学生完成学业长大后，又返回学校成了学校的老师。

奉献爱心的人很多，像阿牛老师这样几十年无私奉献、不求回报的人还是太少。如果让我像阿牛老师那样去帮助别人，我大概还不知道从哪一步开始做起呢。

我们在德钦县参观阿牛老师的学校的时候，意外结识了自驾游的苏军大哥一家。

苏军大哥的父亲有先天性的夜盲症。随着岁数越来越大，老人的视力退化愈发明显，所以苏军大哥策划了这次进藏自驾游，他说他想在父亲视力还允许的情况下，带他看看更宽阔的世界。我被苏军大哥的孝心感动，但苏军大哥说，他更为我和老丁的经历感动。

一路过来，苏军大哥不是第一个被我们的旅行感动的人，但其实，我们只是做了自己想做的而已。

苏军大哥夫妇随行还带了很多文具，他们原本的计划就是边旅游，边力所能及地为贫困山区的孩子做一些慈善捐赠。到了阿牛老师的学校，他们慷慨地把自己的带来的文具用品全部捐赠给了普利藏文学校。孩子们开心地收下这些崭新的文具，欢呼雀跃。阿牛老师替孩子们向苏军大哥夫妇表达了感谢，一直说，这么多年，学校多亏了各种好心人的捐赠。

　　苏宁大哥却坚持说这是阿牛老师的大爱，是因为他的无私奉献，学校才能成立，才能让这么多孩子得到受教育的机会。

　　他说，阿牛老师的品德就像他面前的白马雪山一样，特别厚重，特别肃穆，特别安详，是语言形容不出来的。现在阿牛老师每个周末还会教学生唱歌曲《格萨尔王》，教授他们有关于格萨尔王的文化，希望他们可以把古老的藏族文化传承下去。也因为阿牛老师的努力，他的学校被评选为非物质文化遗产，专门弘扬有关格萨尔王的历史和文化。

　　除了这些，阿牛老师还在努力为孩子们寻找更好的教育资源，为孩子们联系一对一的帮助。最让我吃惊的是，他在别人的帮助下居然还建立了学校的网站。这对于他来说简直太不可思议了，可是阿牛老师做到了。

　　他把那些需要帮助的学生的资料上传到网络上，让孩子们能有更多机会被看到，有更多接受爱心人士一对一帮助的机会。这些帮助也成功地让很多贫穷的孩子完成了大学学业。我们参观完阿牛老师的学校，他留我们吃午饭。

　　开饭的时候，他先张罗所有孩子们的饭，然后又邀请我们入座，当所有人都吃上饭了，他才端起自己已经冷了的米饭，放上薄薄的两片牛肉，默默地坐在角落里静静地吃。

　　阿牛老师的大爱让我们每个人感动，我们打心眼里敬佩他。当我们旅行回来一年后，得知阿牛老师不幸患了肺癌的时候，我一下子就哭了，老丁也默默落泪。幸好，经过治疗，阿牛老师的病情后来得到了控制，

我希望他能战胜病魔，就像我希望白马雪山的雪永远不要融化一样。 ①

离开学校时，我们跟阿牛老师拥抱告别，跟苏军大哥一家拥抱告别，苏军大哥还给我和老丁唱了一首歌——《爱的箴言》：

我将真心付给了你，将悲伤留给我自己；

我将青春付给了你，将岁月留给我自己；

我将生命付给了你，将孤独留给我自己；

我将春天付给了你，将冬天留给我自己；

爱是没有人能了解的东西，爱是永恒的旋律；

爱是欢笑泪珠飘落的过程，爱曾经是我也是你；

我将春天付给了你，将冬天留给我自己；

我将你的背影留给我自己，却将自己给了你。

这首歌，既是唱给我们的，也是唱给阿牛老师的。少年富则国富，少年强则国强。很感谢像阿牛老师这样心中有大爱的人，无私的奉献，将会带来更好的未来。

从美丽的香格里拉一路过来，就到了梅里雪山，这里是云南最靠近西藏的地方了，再往前走，就要进藏了。

---

① 阿牛老师已于2019年8月病逝。——作者注

温暖的争执

老丁还想为自己辩解，但又觉得娟姐说得没错，只能默默被娟姐教育。

在生命中，

我们总要经历一些不开心的日子。

这些日子也许很长，也许很短，

所以耐心一点，给自己一点时间，

相信未来一定比现在更好。

离开德钦县，我们很快进入了西藏。离拉萨越来越近了，我们也越来越激动和兴奋。前方的未知，让我顾不上担心越来越明显的高原反应，只想快点儿到达那个神圣的地方。

进入西藏，我们一直在沿着318国道前行，这是一条一直带给我无限悸动的路。我坐在车上，遇见形形色色的驴友、骑友，我望着他们笑，他们也回我以微笑。这种感觉很奇妙，就像是自己孤身一人面对战斗时，身旁突然出现了战友。

老丁说，每年都有几十万的驴友、骑友在这条318国道上挑战着自己的体能和毅力。每一个在这条路上的人都是主角，都在向着自己的目标不断迈进，绝不退缩。我们是，他们也是。原来这个世界上有这么多和我们一样的人。

其实，我觉得，每一个在这条路上的人也都是观众，在前行的途中看着同路人，学到不同的东西，得到不同的能量。我们能，他们也能。在这条路上的人都需要彼此发自内心的鼓励，真诚的鼓励，我们需要，他们也需要。

最近我和老丁都变得更黑了，高原的阳光真不是吹的，由于紫外线太强了，我和老丁又是粗枝大叶不修边幅的那类人，没有做好防晒的我俩越来越像是从土里刨出来的土人，真是土黑土黑的。最有趣的是，当我俩互相看着彼此，扑哧一声笑出来的时候，一口白牙更是衬得两张脸像锅底一样黑，然后，两张黑脸也衬得两口白牙越发白了，真是太搞笑了。一声扑哧之后，我俩忍不住互相对着哈哈地傻乐半天。

我俩一边哈哈地傻笑着，一边默契地望向雷神，果然见他又是一副嫌弃的模样。一路走来，他还是那个没有晒黑却一直喜欢黑着脸的雷神啊。黑着脸的雷神老老实实地坐在娟姐的电动车上，不看他的脸你会觉得，这是一个很乖的被妈妈载着的小朋友。对了，说到这里，我得好好介绍下娟姐。

我们刚刚离开德钦县，在飞来寺青年旅社暂住的时候，遇到了她——娟姐，一个能量很足的人。那天，我们到达旅社，下车的时候，一脸蒙的我就享受到了娟姐非常热情有力的怀抱，她扶着我下车，扶着我进到旅社的房间，扶着我去房间外面晒太阳看蓝天白云。她的双手从我背后穿过腋下拖住我的身体，让我像一片膏药一样贴在她的身前，用整个身体的力量带动着我走。我被吓到了，这个感觉真是太赞了！对比起老丁对我"必须自立自强"的要求，娟姐就像看不得女儿受委屈的妈妈一样，处处呵护我、关爱我，为此她还差点儿跟老丁争吵起来。

事情的起因还要从那天早上说起，我迷迷糊糊的，不知道怎的就趴到了地上。雷神不知所措地问我，你怎么摔倒了？我依然迷迷糊糊，含糊地说着，我也不知道，然后努力要爬起来。雷神是知道老丁对我的要求的，所以他不好扶我，但是又担心，于是问我，要不要叫老丁过来，我说不用了，自己努力站了起来。

这个事情被娟姐知道了，她立刻就生气了，觉得老丁不应该对我有这种"自立自强"的要求，她很凶地对老丁说，你把她带出来，你有责任照顾好她，安全是第一位的。

老丁辩解，这样是为了我好，要激发我内心的能量，他希望这样能帮助我的身体保持有力的状态，如果过分依赖别人就会退化更快。

娟姐却说："要训练身体机能必须要在保证安全的前提下，现在她都摔倒了，你怎么保证她的安全？"

老丁也有点儿生气了，低着头不肯再说话。娟姐还指责老丁对我日常生活照顾也不周到，比如没有给我准备早饭，早上起床也不帮我穿衣服之类的。后来她看老丁脸色也越来越沉，就放缓语气，很认真地跟老丁说："丁一舟，你要科学，要客观，小敏的病是不可逆的，你现在最需要做的是保护好她，这才是最重要的事情。"

我在一旁听了真的是感动至极，多么语重心长的提醒和关爱，娟姐她是把我当成女儿一样疼爱，这份温暖让我的内心久久不能平静。我理解老丁对我的要求，更感谢娟姐对我的关爱。

娟姐说，旅行就是让人成长的过程，如果在旅行的过程中遇到的都是好人，她就会觉得这个世界更温暖了。她愿意把这份温暖传递给更多的人，让更多的人感受到温暖，而我，也有幸成为那个被她温暖了的无数人中的一个。

虽然老丁面对娟姐的指责有点儿不服气，但是奇妙的变化还是发生了，他开始对我要求没那么严格了。有天早上起床，他看我很无力的样子，问我是不是没睡好。我当然没睡好，夜里三点我就想上卫生间了，可是不愿意叫他，就硬生生憋到早上天亮。他听了觉得又好气又好笑，说："你怎么这样，你可以叫我啊，以后有什么风吹草动的，都要叫我，听见了没？"

我心里默默念着，风吹草动，还草木皆兵嘞，可一边又觉得他好像比以前更懂得如何关心和照顾我了。真好。看来，娟姐的话，他还是听进去了。

对于娟姐和老丁之间的争执，我其实是持中立态度的，娟姐对我的爱很像妈妈的爱，很温暖，但也确实有些溺爱了。老丁呢，确实是不够细心。事实上，在娟姐之前，雷神就频频跟我吐槽，觉得老丁太固执，又不够细心，这一路上，我跟着他吃了很多苦云云。

这些我都认同，但每每想到这些，我又觉得自己现在这样的情况，本身就是一个包袱、一个负担，当然是不应该要求过多的。

我了解老丁，他就是一个标准的直男，可能没有那么细心，但是如果我有需要，他是一定会按照我的需要去做的；反而是我自己，大部分时候，是我自己不愿意低头，过多去麻烦别人，说白了，我不想以爱之名成为谁的负担，包括老丁。

娟姐还发现老丁从来不给我准备早餐，又把老丁叫来语重心长地说："小敏是病人，你连个早餐都没有，这营养怎么跟得上？"老丁还想为自己辩解，但又觉得娟姐说得没错，只能默默被娟姐教育。从那时候开始，老丁会为我准备早餐，再不济，总会有一瓶牛奶和一块面包给我垫垫肚子，他自己则是不吃的。

一路走，一路争执，娟姐每发现一点小问题，就与老丁正面交锋。她真的太像母亲了，那种急于保护我的本能的母爱，让我想起了丹姐。她们对于我来说都是母亲一般的存在，我感动于她们的爱，这份爱让我的心温暖不已。但是，随着老丁的沉默和偶尔强势的辩解，娟姐也觉得，可能她不应该干涉我们太多，于是，快到然乌的时候，她做了一个决定，和雷神先走。

其实我非常明白她的想法和立场，就像女儿嫁了人，觉得女婿对女儿不甚关心，作为母亲，她看到了就不能不管，但管得多了又担心会影响女儿女婿的关系。于是，最好的解决办法，就是留出空间，所以她决定给我和老丁更多的空间。

我明白娟姐的苦口婆心，可是生活是我和老丁的，以后的日子是我们俩要一起携手走过的，娟姐也不可能一直照顾我，所以她的提前离开，我是理解的。

老丁说，他从来不把我当作病人来看，而是把我当成一个正常人去看待，所以他才会让我自己做自己想做、能做的事，但是当我有需要的时候，他也一定会帮我。

娟姐和雷神离开的那天，我又哭了个天崩地裂。舍不得娟姐，舍不得雷神，但内心深处，我又很清楚地知道，其实所有的陪伴都不可能永不分离，包括我和老丁。

在生命中，我们总要经历一些不开心的日子。这些日子也许很长，也许很短，所以耐心一点，给自己一点时间，相信未来一定比现在更好。我和他们只是短暂的离别而已，很快，我们就会再见的。

这一路上，我们遇见了太多的美好、太多的温暖，或长或短，但都在心底留下深刻的烙印，成为我记忆中最宝贵的财富。

滴落在布达拉宫的眼泪

叫着，笑着，我突然就哭了。老丁回头一看，笑话我说："你真是个傻妞，哭啥，我们到西藏了，我们到拉萨了，我们做到了，哭啥，要笑啊！"

我看着老丁，他也哭了。

这个铁汉，居然也会像感性的我一样眼泪哗哗地流着，

像决了堤的江河。他用双手圈住我的肩膀，

用流着眼泪的双眼望着我。

我把格桑花放在膝上，双手捧着他的脸，

亲了亲他，他哭得更凶了。

旅程是奇妙的，生活是丰富多彩的，未来是未知的，你永远也不知道下一秒即将到来的是什么。

还没感怀太久，我们就迎来了新的遇见——来自洛阳的李老师和东北的王大哥。

不得不感慨网络世界的强大，随着我们旅程的继续，知道我们的人越来越多。李老师是在网上看到我们的故事之后，专程坐飞机到云南，又骑摩托车一路追赶我们，终于在然乌追到我们了。

专程赶来与我们同行的人不是没有，一路追了这么久的还只有李老师一个。我们佩服他的坚持，也不理解他的做法。他却说："人生只有一次，看到你们有这么大的勇气去开启旅途，我实在坐不住了。我既然来了，那就一定要来见见你们。"

李老师的出现真的给了我们很大的帮助，所以我的印象才会如此深刻。

到达然乌的时候，正好赶上停电，我们的车没法充电，没办法前进了。李老师就是在这个时候出现的，他用摩托车拉上我们的电动车继续前行，一起交替着拉我们前行的还有王大哥。

王立军大哥来自东北，他正开着自己的货车环游中国，做一个点赞中国的公益活动。他说在电视上看到我们的报道时就已经被感动得稀里哗啦了，现在偶遇真实的我们觉得相遇真是一种缘分。在他们的帮助下，我们才得以继续前行。

　　早就听说东北人的性格豪爽又大气，现在见到了王大哥，我更加相信了，他确实是性格直爽又善良的一个人。他也是一个在路上的人，他说，旅途的意义在于能够帮助那些需要帮助的人，看着受帮助的人的笑容，会让他感到欣慰和快乐，所以王大哥一直坚持做着公益活动。

　　看着两位大哥热心地帮助我们，我心里暖暖的。我明白，这趟旅途已经不仅仅属于我和老丁了，更多人把期盼的目光投在我们身上，就好像我们在替大家完成心中向往的旅途一般。我们将带着大家满满的期待和祝福，去完成这趟冒险的旅程。

　　到达波密县城后，王大哥和李老师也相继离开，继续他们的旅程去了。一次又一次美好的遇见，让我们这一路上精彩纷呈。波密再往前就是林芝了，过了林芝就是拉萨，我们梦想中的殿堂就在前方了。老丁感慨地说，这一段路程，遇见的人和风景都让他感动，我又何尝不是呢？

　　继续沿着318国道前行，这条进藏的道路没有我们想象中那么艰难，除了一小部分被泥石流冲毁的道路以外，大部分都是平坦的柏油马路，整体还是比较好走的。我们碰到骑行向前、跟我们微笑着说加油的年轻人，碰到一对66岁和58岁头发花白的老人，碰到穿着短袖一边喝水一边跟我们说着"再见，平安"的大哥……这条路上，满满的都是拼了命要超越自己的人，满满的都是奋力前行给别人传递正能量的人，所有这些人加在一起就代表了一种勇于克服困难、超越自己的精神。

　　我也逐渐找到了自己这趟旅途的意义，我何尝不是在超越自己呢？

本来因为身体不便，我这会儿应该是躺在病床上动弹不得的吧，然而现在的我，身处梦想中的地方，和我爱的人在一起，超越了自己，我突然为自己骄傲了起来。

越来越明显的高原反应，提醒着我们，离梦想中的拉萨越来越近了。我们看到东达山的路牌，写着海拔 5008 米，还用汉语和藏语写着"不畏艰难险阻，不怕流血牺牲，保通川藏天堑，锻造救援尖兵"。祖国的强大，让我们安全感十足。

穿过林芝，终于到达拉萨。在布达拉宫的广场上，老丁拿出手机录下我们到达的场景。视频里，我俩激动地大笑大叫着。拉萨，我们终于到达了，这么长的时间，之前都不敢想，我们竟然真的能够到达这里。

叫着，笑着，我突然就哭了。老丁回头一看，笑话我说："你真是个傻妞，哭啥，我们到西藏了，我们到拉萨了，我们做到了，哭啥，要笑啊！"可他越是这么说，我反而越是控制不住。眼泪扑簌簌地往下掉，止也止不住。老丁只好无奈地帮我擦着眼泪并说道："你这个傻妞啊。"

到达拉萨，雷神已经在那里等我们了，真好啊，又相聚了。当地藏民也很热情，虽然语言不通，但是真诚的笑容和祝福深深地打动了我们。这种质朴和真诚跟拥挤的城市里的风景是不同的。人真的不必都挤在城市里，人活着的目标也不必都是有车有房，广阔天地间自有安身立命之处。

雷神已经帮我们安排好住处，他说娟姐等了我们一天，后来她家里有事，只能提前离开了。真的很遗憾，但我也在心中默默祈祷，有缘的话，我们或许在未来的某一天还会再遇见。

雷神帮我们安排的客栈真的是棒极了，正好就是我和老丁之前期盼的样子。一路相伴，他清楚我们的喜好，明白我们所想，有这样的老友相伴，真乃人生一大幸事。客栈的老板大哥也是一个格外热情的人，他来拉萨已经近十年了。他说，当他第一次踏进这里，就觉得自己是属于这里的人，于是果断留了下来，还开了这家客栈。

拉萨确实是一个有魔力的地方，很多人第一次来到这里就仿佛是找到归宿一般。我想大概是这里朴素的民风和深厚的民族历史文化太令人动容了吧，才会使人对它这么痴迷。

住在这里的人都是有故事的人，但最有意思的莫过于两位大哥，他们是专门住在这里等着老丁给他们理发的。哈哈，没想到老丁也有粉丝了。

没错，他们也是在网上知道我们旅行的消息，就慕名而来要试试老丁的手艺，老丁也是哭笑不得，只好允诺两位大哥，等他把要编辑的视频先整理完，就帮他们弄头发。除了大哥，还有大姐，老丁还在这里给一个特别有气质的小姐姐烫了卷发。小姐姐说，遇见就是缘分哪，这句话也说到了我们心里。

这一路上我们遇到太多的人了，遇见即是缘分，说得一点没错。我相信，命里有时终须有。

晚上，我被老板大哥和雷神带到布达拉宫的广场，却不见老丁。我追问几次，他俩都不肯告诉我，还一副神神秘秘的样子，这时我已经猜到他给我准备了惊喜。

仿佛是一瞬间，有一群人围在了我身边，我一脸蒙，不知所措，回头看，老板大哥和雷神都不见了。大家笑着围绕着我，我也只好笑着看向周围。突然，在人群中走过来一个身影，穿着西装，不是老丁还能是谁？看他穿西装，我第一反应是，嗯？我们的行李中还带了这个吗？我还在想这个问题的时候，老丁已经走到我身边，手里还有一束格桑花，有粉色的、玫红色的。我刚想赞叹一声真好看啊，他就把花举向了我。看看花，又看看他，我笑了。因为他很局促，老丁居然也会有局促的时候，这个发现着实有点好笑呢。

在周围人群的起哄声中，老丁一边用手摸着头发，一边慢慢俯身。我还没明白过来，他就单膝跪下了。说实话，当时的我第一反应是觉得有点儿尴尬，哈哈，是不是很煞风景？直到他说了这样一句话，他说，"小敏，半年了，我们终于到了，这一路真不容易啊。"

一本正经的老丁很少见，尤其是穿着西装还一本正经单膝下跪向我求婚的老丁。

这时我的大脑一片空白，完全不知道该怎么回应他突如其来的求婚，这一切都来得太突然了。

我望着他，那一瞬间，好像周围都安静了下来了。等我反应过来的时候，眼泪已经流到了嘴角。周围的人都在大声喊着："嫁给他，嫁给他。"

我看着老丁，他也哭了。这个铁汉，居然也会像感性的我一样眼泪哗哗向外流着，像决了堤的江河。他用双手圈住我的肩膀，用流着眼泪的双眼望着我。我把格桑花放在膝上，双手捧着他的脸，亲了亲他，他哭得更凶了。

一群人围着我和老丁欢呼着，这份由衷的喜悦，大概是因为看到别人的幸福自己也会开心吧。从没想过自己会在这种情况下被求婚，虽然老丁向我求婚的场景已经在我梦里出现过无数次了。我贴着他湿湿的脸庞，脑海里飞快地回忆着这一路上的点点滴滴。

老丁用单车和布条绑住我的轮椅，带着我出发，说要带我去西藏；他蹲在帐篷的边上，把睡眼蒙眬的我叫醒，叫我小懒猪快起床；他到处去找开水给我泡面吃；他背着我在各种各样崎岖的道路上爬上爬下；他还不停地嫌弃我是不是又重了……

这一路上，老丁给了我最结实的后背，给了我最灿烂的笑脸；他也跟我吵架，什么事情都让我自己做；他是个不够细心的直男，也是吵完架会先逗我开心的暖男；他是我这一生最棒的遇见，他带给我这一路上最美的旅程。

求婚仪式结束后，居然还有安排，我们一行人去了客栈旁边的酒吧，老板大哥专门为我安排了一场特别的音乐会，到场的都是知道我们、关注和关心着我们的朋友们。我太感动了，怎么能收获这么多却不做些什么呢？我决定给大家唱一首歌——《想把我唱给你听》：

想把我唱给你听

趁现在年少如花

花儿尽情地开吧

装点你的岁月我的枝桠

谁能够代替你呢

趁年轻尽情地爱吧

最最亲爱的人啊

路途遥远我们在一起吧

……

抱着吉他的大哥在我身后，努力找着我的节拍，而我努力控制着哽咽的嗓音，用并不怎么好听的歌声唱着。有热情的小姐姐走上前来，为我披上洁白的哈达。我被温暖又洁白的哈达包围着，更用心用力地唱着。

这一晚，我看着大家载歌载舞，吃着烤肉喝着酒，开心甜蜜极了。后来我问老丁："你还带了西装吗？"老丁不好意思地挠挠头，说："是我临时跟别人借的。"我恍然大悟，难怪这么不合身，还皱巴巴的。我笑老丁脸皮这么厚，西装还是扒别人的，他说："人不要脸则无敌。"把我逗笑了。这样的老丁，我实在太喜欢了。

我感谢这么多人的关注，这么多人的温暖。我感谢一路上遇到的所有人，他们让我看到更美丽的世界，充满热情和正能量的世界，让我心中的力量也越来越强大。我感谢老丁，他带给我的这一切，是我这辈子最美好的收获。

理塘，我们的藏族婚礼

看到老丁穿上了婚服走向我，
这一刻我绷不住了，无数次梦里的场景终于实现了。

经常听别人说婚姻是爱情的坟墓，

然而我认为，

婚姻是两个人三观相同，互相扶持才能维持的。

倘若两个人彼此理解，

又怎么会成为坟墓呢？

人生最大的幸福就是确信有人爱你，因为你而爱你，或者更确切地说，尽管你是你，仍然有人爱你。幸运的是，我有老丁爱着我。

从我得病开始，我就没有想过这辈子还会有人和我结婚，我甚至做好孤身一人在医院的病床上死去的准备，老丁的出现无疑改变了我的命运，让我又对生活充满了希望。

告别了拉萨，我们的下一站就是四川了。在去四川之前老丁问我有什么愿望。

我曾说梦想中的婚礼是藏族婚礼，因为我想亲自感受一次异域风情，于是我突发奇想地跟老丁说，要不我们办一场藏族婚礼吧。老丁一听笑着说："老婆，你这愿望也太简单了。""这还简单啊，我觉得结婚是一件很隆重的事，以前在老家看别人结婚都是宴请亲朋好友摆上几桌，大有昭告天下之意。"其实我对于结婚没有太多的规划，只知道要邀请亲朋好友来，婚礼司仪会主持整个仪式，新人在亲朋好友的见证下宣读誓言，就算是结婚了。

然而我们现在结婚，许多朋友怕是没法来了。老丁说："傻瓜，就算是只有咱俩的婚礼，那我俩也是天底下最幸福的人。"我笑笑，的确是，一路上我们同甘共苦，风风雨雨走过来，我早已不在乎世俗的眼光了，心中的洒脱和自由让我们对这趟旅途充满动力。

很快，我们就到达了四川理塘县，这里属于四川省甘孜藏族自治州。

理塘没有像西藏那样的高原，但是海拔也不算太低，在这里，我看到了梦想中的地方：大片的草原，成群的牛羊，以及微风吹过潺潺流动的溪水。我立刻就爱上了这里。如果不去流浪，这里也是一个不错的居住地，但是我并没有把我的想法告诉老丁，毕竟我们的计划是游遍全国。在没有探索完未知的世界，未看遍所有风光前我们怎么能停下脚步呢？

在理塘，我们选择了一家民宿作为落脚的地方，价格便宜，重点是民宿可以允许我们的阿宝、阿吉入住。一路跋山涉水的我们在这里得到了安抚，理塘带给我祥和温暖的感觉。

为了维持生活，老丁不得不在当地摆起他的理发小摊，赚些钱来支撑我们走下去。

经过几天的相处，我们认识了民宿的老板娘。老板娘为人豪爽风趣，有一次与众人闲谈时，她得知老丁要用藏族风俗给我举办婚礼，便跟老丁打趣道："你这样可不行。这么简单就把我们漂亮的姑娘娶回家啦？起码，需要点东西来证明。只有这样，我们才放心把姑娘交给你呀！大伙说是不是呀？"好厉害的老板娘，她居然煽动大伙要老丁给我定情信物。老丁心一横，说道："娶她的钱我还是有的，需要多少？"我忽然生气了，觉得这样不好，我又不是物件，怎么还有价钱？但是，气氛被老板娘煽动得有些失控了。

最后，老板娘说出了她的解决办法，要老丁到索绒神山山顶找寻格萨尔王的遗迹。因为曾经有民宿的义工在神山山顶上找到过战时的头盔或者古代的钱币。听到这里，我顿时觉得很有意思。当然，老丁什么都找不到也没关系，就当作放两天假出去玩了。至于摆摊剪头发这事，就随缘吧！

于是，老丁开始很认真地向老板娘询问索绒神山的具体路线以及需要的物资装备等问题。老板娘是个性情中人，很爽快地给了老丁此趟路途的攻略。

第二天一早，老丁就带着阿宝阿吉兴致勃勃地前往山里了。可是，当我看到老丁准备离开我一整天的时候，我立马失去安全感，虽然老丁临行前已经为我安排好了一切。

直到下午4点左右，老丁才在微信群里发了第一条信息。大概是说路上没有信号，所以没有及时发信息报平安。另外，前方道路有一些巨大的滚石，阿宝爬不上去。综合考虑，就没有登顶。但是已经绕路而行去往第二峰。下午5点左右他发来了第二条视频消息。视频中，他得瑟地烤着唯一的干粮——大饼。

自5点后一直没有他的消息，我难以入眠。

夜晚10点多，我很想发信息给他，但是又怕给他造成困扰。

夜晚11点多的时候，他还是没有给我任何信息。

夜晚12点多的时候，我依旧不时看看手机，对他的担心并没有因为时间的推移而变少。

凌晨1点多，我对着手机屏幕发呆。因为他连日常的"晚安"都没有跟我说。

大概凌晨 2 点多，我迷迷糊糊睡着了。

凌晨 4 点多，恍惚中听见有人在叫我的名字。

就这样，我睡睡醒醒，醒醒睡睡到早晨 7 点……终于看见了丁一舟的早安消息。不久后，他回来了。他开心地奔向我，虽然没有找到所谓的古币，但是当我再次见到他的时候，心，又安定下来了。

之后老丁便开始和我筹备起了婚礼。原本我们打算在民宿外面的空地举办婚礼，因为那里有一大片草地。但在筹备期间认识了我们客栈的一位义工小姐姐，她也是我在理塘认识的一个非常好的朋友。因为有了她，我的婚礼才变得热闹起来。

义工小姐姐知道了我有办藏族婚礼的想法，就把我的想法告诉了亲戚朋友，于是我们得到了大家的帮助，才有了这么一场充满仪式感的藏族婚礼。

很快，办婚礼的日子到了，一大早义工小姐姐就来帮我盘头发。既然是藏族婚礼，那就按照藏族的仪式来。我任由小姐姐帮我盘头发，身边还站着她的朋友们。老丁举着手机，打算录视频记录这珍贵的时刻。

小姐姐在我的头发上盘了个大辫子，红色的发饰把我的黑脸衬得更像藏族姑娘了。经过一年的风吹日晒，脸部的皮肤早就不似从前那样细滑， 肤色也早已变黑，脸颊还有两坨高原红。老丁看见我的样子，笑得肚子疼，说我真是入乡随俗，变成地地道道的藏族姑娘了。

随后我们换上了藏族的婚服，这也是小姐姐和她的家人帮我们准备的。没想到这样的服饰竟然如此烦琐，我穿了个里三层外三层的，别说还挺好看的。老丁呢，不仅不会穿袜子，还不会穿裤子，最后是由老乡们合力帮他穿上的。看到老丁穿上了婚服走向我，这一刻我绷不住了，无数次梦里的场景终于实现了。每个人的脸上都洋溢着幸福的笑容，也包括我。

我们改变了原来在客栈举办婚礼的想法，而是去了老乡家里。如果按照藏族婚礼来办，那么老乡家现在就相当于我的"娘家"，接下来老丁就要接我回家了。前来采访的小梅问我："赖敏，你愿意跟他回家吗？"

我傻乎乎地说："回啊。"老丁看见我这憨憨的样子忍不住大笑："跟我回去睡牛棚，嫁鸡随鸡嫁狗随狗了。"和老丁的默契仿佛是天生的，说完我们对视一眼，笑了起来。

喝过老乡打的酥油茶后，老丁背着我出门，后面还跟着送行的朋友们，今天他们相当于我的"家人"，把我嫁出去。我们一路走到了礼堂，有人为我们围上了哈达，接受了"洒水礼"，寓意新的生活从此开始。我和老丁听着喇嘛为我们念经，再一次感受到了当地人民的纯朴和热情，这个自发为我们举办的婚礼真的太让人感动了。

老丁说："谢谢在座的各位能够参加我们的婚礼，今天在大家的见证下，我承诺会一直照顾我的老婆——赖敏，一辈子对她好，不会抛下她，成为她的依靠。"

人群开始欢呼，说着恭喜祝福的话，我感动得眼泪又止不住了。这些话老丁也常说，只是在这个场合，实在太让人感动了。这里的人们很实在，很纯朴。

老乡围着我们又唱又跳，我坐在椅子上打着节拍，沉重的心仿佛得到了释放，一下子轻松了很多。老丁习惯性地捏捏我的脸，在我的脸上"啵"了一口，其实有老丁陪着，就足够了。

我们出来也有一年多了，不管怎么样，风雨我们都经历过了，老丁说这个婚礼就好像让我们得到了归属感，希望我们能这么一直幸福下去。婚姻不是一个人的坚持和付出，婚姻是两个人的奔赴。其实现实和理想并不一定是完美契合的，最好的状态往往是，眼里心里都是对方。

经常听别人说婚姻是爱情的坟墓，然而我认为，婚姻是两个人三观相同，互相扶持才能维持的。倘若两个人彼此理解，又怎么会成为坟墓呢？

格桑花的花语是得到爱与幸福，有着追求幸福的寓意。能在高原的严寒中生长，也能承受猛烈的日晒，多么坚强的小花啊！这种美丽的花朵就像可爱的藏族人民一样，坚韧不拔，也勇敢追求幸福。

理塘给我留下深刻印象的不只是我们的婚礼，还有热情纯朴的老乡们和口口相传的关于格萨尔王的故事。

泸沽湖达祖希望小学

看到达祖小学和那些被迫辍学在家无书可读的孩子们，
他动了留下来重建小学的念头，后来他真的决定留下来了。

后来泸沽湖达祖希望小学收到的社会捐助越来越多了，

很多孩子因此得以继续上学读书。

我和老丁也不禁为他们高兴。

　　一直前进的人没有停下脚步的理由，我和老丁也是如此。此时，老丁提出该出发继续走我们的下一段旅程了。

　　旅途的下一站是四川凉山，那里有一个美丽的湖叫泸沽湖。泸沽湖地处川滇交界，周围被山川高原环抱，显得神秘又独特。如果说洱海的美是那种温柔静谧的美，那么泸沽湖的美就是庄严肃静的。在美丽的泸沽湖畔，到处盛开着大片的格桑花。

　　这里有湛蓝的天空和纯净的湖水，时间在这里是静止的。我们打算在这里驻扎几天，听说在泸沽湖可以看到美丽的星空。

　　以前我曾听雷神讲起过泸沽湖，那时并没有太大的感触。这次亲眼所见，果然非同一般，我不禁被大自然的鬼斧神工深深地折服。

　　世界上的每一片湖泊都是上帝洒落在人间的珍宝，泸沽湖的天空全年几乎都是蓝天，像是被洗过一般澄澈通透，没有一片云。

　　这里实在太过于静谧了。我和老丁坐在石头上，静静地看着太阳逐渐往西边落下，享受着这里的每一分每一秒，什么都不用想，身体和心灵完全放松。

　　看完了日落，我的肚子也咕咕叫了。老丁带我寻找着适合扎营的地方。一路走着便看到前方有黄色的花海，穿过一大片盛开的向日葵，我们来到一个没有围墙、没有封闭大门的学校。这个学校很特别。一条小径直通学校大门，金盏花和波斯菊盛开在石子路两侧。大门右侧是用木头搭建的一排房子，质朴而温暖。从木房子里传出了琅琅的读书声。

在这所学校里我们遇到了小林老师。小林老师是泸沽湖达祖小学的校长。我们惊讶于他的年轻，因为他看上去年纪真的不大。他给我们讲起了泸沽湖达祖希望小学的故事。

2000 年，达祖小学还是个很破旧的小学，校舍破旧，师资也很紧缺，所以达祖小学不得不关闭。孩子们只能到 20 公里外的小学读书。可是上学的路实在太遥远了，贫困的家庭拿不出孩子的学费，很多贫困家庭因为昂贵的学费以及为孩子的安全考虑，不得不让孩子辍学在家。

直到 2004 年，一位台湾老人来到泸沽湖旅游，看到达祖小学和那些被迫辍学在家无书可读的孩子们，他动了留下来重建小学的念头，后来他真的决定留下来了。老人带领达祖村人重建达祖小学。村民们各尽所能，有些人出劳力，有些人出木材，还有些人出砖石。从年过七旬的老翁，到刚刚入学的孩童，村民们在寄托着希望的学校施工现场不停地忙碌。当年的除夕夜，达祖村人都是在重建学校的施工现场度过的。

这位叫李南阳的老人，是重建达祖小学的人，也是给孩子们带来希望的人。

学校建成后，李南阳被推选为新达祖小学的第一任校长。他拿出全部积蓄解决孩子们上学的费用问题，又组织爱心人士到学校任教，还在学校建起了澡堂和医务室，供村民们洗澡和接受医疗保健。

这又让我想起了阿牛老师的普利藏文小学，他们都是这样无私奉献的人，为了教育事业付出了许多。

小林老师说："可惜的是，2007年李校长便因为肺癌离开人世了，真的非常遗憾。后来就是我接手当了这里的校长。"

我听后感慨万分，很惋惜这位奉献爱心的可敬老人就这样去世了。我问他："你这么年轻，为什么会想到来这里当老师啊？"

林老师说："我也是台湾人，机缘巧合有一次来这里当志愿者。看着这么美的地方，这么纯朴的人们，我就发誓如果有什么需要我的地方，一定在所不辞。后来李校长去世，我就从台湾来这里当校长了。"

如果没有经费，就什么也做不了，没有教材，没有师资，也没办法改变学习环境。小林老师说，达祖小学是一所乡间民办小学。为了解决经费问题，他真是绞尽脑汁。"为增加收入，我们就租用村民的地，建起一个小农场，自己种土豆，养鸡养猪。每到劳作阶段，学生家长们都会赶来帮忙，就这样，我们硬是撑过来了。现在有越来越多的好心人在网上看到我们的博客，都纷纷慷慨解囊，给我们捐了好多物资和钱。我们就是靠着这些，把学校办得越来越好了。"

虽然小林老师说得很轻松，但背后的艰辛可想而知。这学校的一砖一瓦都是老师和学生以及家长们的心血，为了给孩子们创造更好的学习环境。

之后小林老师带我们参观了达祖小学，食堂、教室、宿舍、操场……看着孩子们纯真无邪的笑脸和闪闪发亮的眼睛，我心里一酸。

在物资和师资如此匮乏的大山里，能建一所学校已经是件不容易的事了，能把学校办好，更是不容易。只有读上书，我们祖国的花朵才能够汲取养分，茁壮成长啊。不过最神奇的是，这里不论是哪个年级的学生，都能使用英语交流，尽管不是那么流畅。我们惊讶于这师资并不强大的小学竟然能做到如此，小林老师解释说："现在，我们的志愿者老师都是很年轻的 80 后、90 后。他们不仅积极向上，还很有趣，和学生们相处得很友好。"

达祖小学的老师都是年轻的志愿者，他们自发地来到这里，不仅报酬分文不取，还要自掏生活费，教书育人，把自己的青春奉献给美丽的泸沽湖畔的这所学校。年轻老师的到来，催生了达祖小学的巨变。美术学院毕业的老师教孩子们绘画，根据每个孩子不同的爱好、特长激发他们的创作能力和兴趣。而且令人惊讶的是，小林老师通过自己的努力，用来之不易的公益基金修建了一个电脑教室，让孩子们通过网络看到了外面更精彩的世界。

小林老师算了一下，十二年来，这里前前后后来支教的志愿者有三百多人。没想到这小小的一所学校竟然有这么多故事。付出总有回报，历经两代人的共同努力，用心去培养教育每一个孩子，达祖小学才越办越好。

这里的孩子并不多，大概七八十个，但孩子们纯真质朴的笑容让我久久不能忘怀。我和老丁决定也要为这所小学做点什么，于是我们在微博写下了呼吁大家为达祖小学奉献爱心的文章，并配图发表，留下了小林老师的联系方式和学校的地址。做完这一切，我和老丁仿佛松了一口气，原来我们真的可以为他们做些什么。

现在，我和老丁受到网友们的关注越来越多，媒体也都在报道我们的故事，所以我和老丁有一定热度。我们开通了一个微博账号，偶尔在上面记录我们的生活和感想。现在我们面向社会，呼吁大家为这些孩子献爱心，心中颇有成就感。

后来泸沽湖达祖希望小学收到的社会捐助越来越多了，很多孩子因此得以继续上学读书。我和老丁也不禁为他们高兴。一路上我们听了不少感人的故事，但我们力量微薄，能做的很少。现在我们突然意识到，我们可以通过网络呼吁关注我们的人，为偏远贫困地区的教育事业奉献爱心。

我的小天使

看来我们即将要迎来新的家庭成员了。

这个小生命，如今正在我的身体里茁壮成长呢！

我们更愿意让大自然做孩子的启蒙老师，

让牛羊做她的玩伴。

孩子真正需要的东西是快乐，

是乐观的心态，

这些才是孩子一辈子的财富。

我们仍旧过着"在路上"的日子，走累了，就停下来看看。

这样，我和老丁花了将近六年的时间，终于把计划的"心形"旅程走完了。千里之行，始于足下，这个当初不可思议的计划就这样完成了。这一路上的苦难坎坷实在太多，我们遇到过暴风雪，吃过死牛肉，最惊险的是还遇到过狼群，要不是有阿宝、阿吉两个左右护法，我们险些丧命于狼群之口。现在，我们终于熬过来了，完成了最初的梦想。

当我和老丁再次回到故土的时候，我们激动得差点跳起来。

其实我并没有完全放弃要做母亲的想法，我偶尔会想着曾经因遗传我的病而未出世的孩子小路遥，遗憾他还没到来就离开了我。每每在深夜流泪时，我就和老丁说我想要一个孩子。现在科技这么发达，我们可以做一个试管婴儿，可是老丁说什么都不同意，风险太大了。

我不动声色地调理着身体，就是盼望着哪一天会有意外的惊喜降临到我身上。也许善良的人都会得到老天爷的眷顾，终于，功夫不负有心人，2019 年，我再次怀孕了。

这次可把老丁弄蒙了，但也不得不接受这个意外。我内心一直祈祷着这个孩子千万不要有我的遗传病，不然他只有离我而去这个结果。

我和老丁很默契，如果这个孩子健康就生下来，如果患有遗传病，那就不要。等到肚子里的孩子可以做检查那天，我紧张得直打战，害怕得到的不是我想要的结果。我跟老丁说："要是和路遥一样，我真的没勇气面对了。"

　　万幸的是，这个孩子居然是健康的。我高兴得想蹦起来，这个消息太令人振奋了！老丁也激动得一把抱住了我，一边亲我的脸，一边说："老婆，你真棒！"

　　看来我们即将要迎来新的家庭成员了。这个小生命，如今正在我的身体里茁壮成长呢！这应该是上天送给我们的小礼物，我们给小家伙取名为安宁，希望他平平安安地来到这个世界上，这就足够了。

　　我们2019年7月回到了柳州。看着熟悉的故土，我突然有了归属感，兜兜转转，终于回到了自己阔别已久的家乡。

　　接下来的日子，我的任务就是调理好身体，迎接安宁的到来，天知道我有多期待这一天。老丁也掩饰不住内心的激动与欢喜。我之前以为老丁并不喜欢小孩，不然怎么会极力劝说我不要路遥呢？其实是我错怪他了。哪个男人不想拥有自己的孩子，成为一个父亲呢？他只是身不由己，我突然理解他了。

　　随着孕肚一天天大了，我生活上更不方便了，以前我还能自己穿衣服、拿东西，用手的力量勉强站起来，现在我几乎除了吃东西，什么事都做不了。虽然老丁一直秉承着能自己做的事他不会帮我的理念，可是看到我这么辛苦，他也很心疼。于是，他开始帮我做更多的事，恨不得把我绑在他身上。

　　老丁每天都要来贴着我的肚子听上好几遍，好像这样就可以和小安宁说话一样。有时候肚子里的宝宝会偷偷地踢他一脚，他就高兴地喊道：

"老婆，老婆，他在踢我！"

我扑哧一笑，这种幸福的感觉，此刻只有孕妈妈自己知道。

怀孕是一件很辛苦的事，不仅会孕吐、头晕、瞌睡，还伴随着水肿。我的手臂和腿是水肿最明显的，用手指头轻轻一按，便凹陷出一个小坑来，久久不能恢复原状。我现在才深切地体验到，做母亲是一件多么伟大的事。

我艰难地忍受着怀孕带来的各种不适，只要宝宝能平安地出生，就算再辛苦，也是值得的。我每天默默激励自己："赖敏，你要做妈妈了，加油！"

2019 年 12 月，安宁顺利地来到我们的身边，是个可爱的女孩儿。我们给她起了个小名叫布布。我看着这个小小的身体躺在我身旁，不由得欣慰地笑了。

老丁也兴奋得不行，恨不得昭告天下：我们的女儿出生了。

新手爸爸妈妈的手忙脚乱在我和老丁的身上展现得淋漓尽致。我们什么都不懂，只能一点一点学。老丁更加辛苦了，他不仅仅要照顾我，还要照顾这个刚刚到来的小天使。有时候他甚至晚上都不能合眼，小宝宝晚上饿了或者尿了，他又要起来冲奶粉又要换尿布，完全没有睡觉的机会。老丁说："赖小敏，你知道吗，你产后，我抑郁，我俩加一起叫作产后抑郁症。"我被他这话逗得直乐，同时也心疼他。因此有时候也会尽自己所能，给布布冲个奶粉什么的，这一过程对我来说还是有些困难。然而我知道老丁是无怨无悔的，因为这是我们的女儿，看着她一天天长大，自己再辛苦也没关系。

老丁问我现在最大的愿望是什么，我的脑海里蹦出来的竟然是再去一次理塘，大概是因为那里曾给我留下了难以磨灭的印象。

"我想再去一次理塘。"我脱口而出。

老丁对我的要求都是尽量满足的，这次也毫不例外。

也许我是真的喜欢理塘吧，那里延绵不绝的高山和一望无际的草原真的太令人着迷了，而且那里还有我心中的执念——路遥。

老丁把我们故事的版权卖给了一位导演，拿着这笔钱，老丁说决定在理塘开一家客栈，专门收留那些仍然在赶路的"在路上"的人。对于他的想法，我很赞同。为了纪念我们没有出世的路遥，我们打算客栈的名字叫路遥星空。在路上，不仅得有坚持走下去的勇气，还要有浪漫，有星辰大海。希望来我们这里歇脚的人，不要忘记初心。

我们又一次回到阔别已久的理塘，这次还带着我们的小公主布布，她现在已经仿佛变成了藏族小姑娘，还有了一个藏族名字，叫降央拉姆，意思是妙音仙女。我们对这个新名字十分满意。

我们一家三口就这样经营着这家小小的客栈，看着赶路的人们，我们好像在他们身上看到了自己。这些"在路上"的人，让我们感同身受，同时也为这世上还有这么多追逐梦想、超越自己的人而欣慰。

眼下的生活是安稳平静的，但琐碎的磕磕绊绊总少不了。我们有了更多的责任感，不会再像以前那样说走就走了。我们在理塘入乡随俗，且长时间在外面漂泊使我和老丁对生活质量的要求并不是那么高，所以我们在喂养孩子方面很粗犷。很多人不理解我们，说这并不科学。

有人说，布布跟着我们在理塘，也要给布布抹些面霜吧，老丁大大咧咧地说："没事，我和赖小敏连雪花膏都不擦了。"

还有人说，不能让宝宝坐在地上，最起码爸爸也要抱着吧。

面对这么多人的反对，我和老丁只是笑笑。一直以来，我们都在承受别人的质疑和反对。关于孩子的教育，我们有着自己独特的见解。一方水土养一方人，只要孩子健康成长，就没有必要过多地追求物质生活。我们更愿意让大自然做孩子的启蒙老师，让牛羊做她的玩伴。孩子真正需要的东西是快乐，是乐观的心态，这些才是孩子一辈子的财富。

由于我和老丁完全没有经营过客栈，也不太懂得这里的门道，所以我和老丁亏了很多钱，背了不少债。为了让客栈能够继续经营下去，老丁不得不靠着摆摊理发来补贴生活。

我的病情也越来越严重了，现在的我想说话已经很困难了。面对布布，我不仅抱不了她，也没有办法和她说话，这是很令我难过的一件事。我不愿意面对着女儿做一个说不出话的哑巴，所以我逃避着，拒绝和她沟通。老丁一个人又当爹又当妈的，完全没有自己的休闲时间了。

老丁说："赖小敏，一定要坚持，不要放弃自己。"一直以来，老丁都让我亲力亲为，我自己能做的事他坚决不帮我。但是面对布布，那种无力的感觉又一次袭来，我觉得自己是个不合格的妈妈，不能给她温暖的怀抱，不能陪她玩耍。阿宝陪着布布玩耍的时间甚至都比我多。老丁也知道我的心思，他只叫我放心就好，他会照顾好布布的。

如今我的身体已经是我不能控制的了，我不知道自己还剩下多少时间，只希望在我有限的时间里，能多陪陪布布和老丁。

有一回老丁要去打理客栈，只留下我和布布在房间里。我躺在床上，布布躺在我的身侧睡得正香，我的眼皮渐渐沉了，不一会便睡着了。

突然，我听见了布布的哭声，睁开眼睛，看到布布已经坐起来了。阿宝也听到了布布的哭声，冲进了房间。阿宝总像一个忠心的护卫，时刻保护着我们的安危。我想布布大概是饿了，可是我没法动弹，无法起身给布布冲奶粉。我轻声对她说话，可是布布还太小根本听不懂，我只能无奈看着布布爬来爬去。

然后我便听到"咚"的一声，原来是布布从床上翻了下去，我当时既心疼又着急。幸好床还不算太高，布布是个坚强的孩子，跌下床后也没有大声哭闹。随后我听见窸窸窣窣的声音，转头一看，布布已经把奶粉罐子打开了，吃起了"自助餐"。一大罐奶粉不一会儿就被布布倒出来，阿宝在旁边着急地转来转去，我则又生气又想笑。

一会儿老丁回来，打开房间门，就看到布布制造的"混乱现场"，他无奈地笑道："哎呀你这个小坏蛋，你妈妈也不管管。"我被逗乐了："她妈妈也管不了呀！"

后来，这种情况还经常出现。布布正是好动的年纪，一不留神就搞起了破坏，每次都等着老丁回来收拾"作案现场"。

到了布布牙牙学语的年纪了，我每天听着她咿咿呀呀吐出几个不清晰的字，一种喜悦之情涌上心头。这小家伙真是一天天在成长着呢。

老丁开始教她叫爸爸妈妈，一遍一遍地不厌其烦。有一天，布布突然叫了一声"老公"，把我和老丁吓了一跳。老丁打趣道："肯定是你在旁边喊多了，她就记住了。"我哭笑不得，第一句话居然不是爸爸也不是妈妈，而是老公，难道真是我平时喊了太多"老公"了吗？看来还是不能太依赖他了。

随着布布一天天成长，我的心情也变好了不少。小孩子单纯可爱的模样实在招人喜欢，但照看小孩实在是一件耗费精力的事情，幸好还有懂事的阿宝给我帮助。布布要是有什么磕碰了，阿宝总是第一个冲上去，用它的大爪子轻轻触碰布布，又用自己湿漉漉的鼻子蹭蹭，好像在安慰她似的。

我尽自己所能去为布布做一些事情，因为我也想让布布体验到母爱的感觉，比如帮她洗澡。老丁烧了热水，把水一盆盆倒进浴盆里，又试了试水温，示意我可以了。我慢慢挪到浴盆旁边，原本老丁给我准备了一张小凳子的，让我坐在上面，但是浴盆底盘太低，我只能坐在地上了。我用水打湿布布的身体，给她抹上沐浴露，每一步都是那么缓慢，小心翼翼。好动的布布溅出水花，洒在我的身上，我强忍着眩晕帮布布洗完了澡，又给她穿戴整齐，这才算完成了。

给布布洗一次澡要花费我大量的精力，洗完后衣服早就被水花溅湿，头也很晕，可是我很享受这一刻，也许这就是做母亲的意义吧。

帮我扎头发是老丁每天必做的事。看见老丁两手交叉一绕，再用皮筋扎紧，一个马尾就扎好了，布布这个好奇的宝宝眨着眼睛，又好奇地摸摸自己的头发，好像在疑惑道："咦？我怎么没有头发呢？"于是布布开始模仿老丁，在我的头上摸索。

她用胖嘟嘟的小手，费力地把头发拢到一起，扎了个东倒西歪的马尾，然后炫耀似的叫老丁看她的"杰作"。这个温馨的场景，我每次回想起来就忍不住微笑。看着她一天天成长，老丁说："布布就是上天给你的母亲节礼物了。"

布布在老丁和阿宝的庇佑下健康茁壮地长大，而布布从小也是个"尊老"的宝宝。对于她的老大哥阿宝，布布那是又依赖又疼爱，这时阿宝的年纪已经大了。我们担心阿宝的肠胃消化功能不好，所以不会给它吃太多东西。然而布布怕阿宝饿着，一有空就给阿宝倒狗粮吃，阿宝也好像是给布布面子似的，倒多少吃多少。

我和老丁哭笑不得，老丁教育布布："不可以给阿宝吃这么多，不然会肚肚疼哦。"布布一听阿宝会肚子疼，一下子抱住阿宝的脖子说："不要肚肚疼，不要肚肚疼。"虽然布布现在还不懂得为什么阿宝吃狗粮肚子会疼，但是她也减少对阿宝的"溺爱"了。

　　我一直都是喜欢花的，老丁决定在客栈的周围种上玫瑰花，不仅为了装饰，还为了赏心悦目。老丁买了玫瑰的种苗，打算自己松土施肥，再由我们合力种下，这样比较有意义。我和布布帮忙把玫瑰栽种在花盆里，老丁忙着把花盆摆放整齐、浇水。一段时间后，嫩绿的玫瑰叶子冒出头来，我们高兴极了。随着时间一天天过去，第一朵玫瑰花终于开了，是一朵黄色的小玫瑰。我们种的品种应该是多头玫瑰，没几天便像爆米花似的开了许多。这些小花倒是为我们的客栈增添了不少风采。

　　日子虽然很清苦，但是我们一家人相互依偎着，我就觉得什么都不怕了。

　　我们的旅程仿佛又要开始了，这次不再只有我和老丁两个人，还有我们的宝贝女儿布布。

　　布布，你一定是上天派给我们的礼物吧。

遇见美好　便是意义

生命里真正让人难忘并且充满感激的，

不是路上的美景，而是那些一路上陪伴自己的人。

人间疾苦万千，但仍有人为爱奔赴。

只要我们把握住自己的每一天，

永远保持对爱情的向往，

对美好生活的向往，

心存美好，美好便会向我们走来。

我和老丁在接下来的两年里一路风雨兼程，我们走过雪山，看过大漠的落日、金沙江畔的双彩虹、贡嘎山上的云海，在梦幻的泸沽湖边仰望星空。我们不仅完成了一开始的"心形"旅游计划，还登上了央视《朗读者》的节目，在场的观众被我和老丁的故事感动。

在节目现场，我们讲述了我们的经历，还读了写给路遥的信。我看着站在身侧的老丁，用力地握紧他的手，谢谢你，一路上有你的陪伴，我才能坚持走到今天。

也许是乐观的生活态度，也可能是老丁的"自己的事情自己做"的观念让我的肌肉萎缩得不算太快，我的病情也没有恶化得太严重，连医生也说这是个奇迹。因为曾有医生对我说，我应该活不过三十岁，可是现在我不仅撑过来了，还能勉强站立，甚至还成功生下了安宁，这真的是奇迹般的经历。

我们在理塘安居之后，老丁也对我更加严厉了。他要求我每天坚持锻炼，可是我没有办法长时间站立，不然就会出现眩晕的状况，随时都有晕倒的可能。这时老丁就会过来把我抱起来，虽然语气很严厉，一副很嫌弃的样子，但是动作却很温柔，真是个刀子嘴豆腐心的男人。

2020 年 5 月 18 日这一天，是我毕生难忘的日子。那天老丁翻箱倒柜地找东西，我还没来得及问，他就说我的身份证过期了，需要重新补办。之后他带着我回柳州重新办理了身份证。亲切的口音，熟悉的柳江，仿佛又回到了我们出发的那天，阳光也是这么美好，洒在老丁的背影上，依然那么有朝气。

　　没想到的是，办完了身份证，老丁并没有把我推回家，而是往反方向走。我疑惑地问老丁要去哪里。

　　他回答："既然都补办了身份证，不如省点事，我们去民政局把结婚证也领了吧！"我刚开始还以为他只是开玩笑，没想到离民政局越来越近了，我这时才相信了。我俩火速填表，拍照，迅速地把结婚证办好了，一气呵成。

　　老丁拿出结婚证，一本正经地说道："老婆，以后我们就是合法夫妻了。"

　　看着他手里的红本本，我也不敢相信这是真的，可这确确实实是真的。

　　老丁对着结婚证拍了几张照片，发了朋友圈：等了好久终于等到今天，等了好久终于把梦实现，那些不变的风霜早就无所谓，累也不说累……

　　这条消息在朋友圈一发，很快，朋友们都打来电话问我打算什么时候举办婚礼。我原本是不想再办的，毕竟我们在理塘已经办过一次婚礼了，老丁却说："之前的婚礼都没有让亲戚朋友们来见证一下，这次趁着有机会，我们得好好补上才行。"

　　关于补办婚礼，我确实是有所期待，因为上次在理塘举办的婚礼，并没有太多亲戚朋友参加。这回在柳州，离他们都近一些，亲朋好友们对我们的婚礼也是十分期待。可是没想到会来得这么快。其实老丁瞒着我筹备婚礼已经很久了，为了这一天的到来，他做了很多准备，比如悄悄地联系外地的朋友，悄悄地订好游船。这次带我回来还专门等到我的身份证过期，我哭笑不得，这个宇宙大直男居然会有这么缜密的心思。

我内心最期待的就是能再遇到雷神，这个陪我们走了几个月的神一般存在的好友，还有李哥、泡芙小姐、怀玉先生……这一路上见证我们爱情的人太多，这次想把他们一个个找来难免有些费劲，因为有些朋友实在太遥远。

可没想到的是，老丁已经提前邀请了他们。那天晚上，我们来到柳江的游船上。老丁骗我说只是来游船上玩，还摘掉了我的眼镜，把我背在他的背上。我由于近视，什么都看不见，只能任由他背我。

我被老丁背着上了游船，然后他把我放在轮椅上，给我戴上了眼镜。我看着一张张熟悉的面孔，一下子愣住了，激动得说不出话来。还有好多朋友从四面八方赶来，只为了参加我们的婚礼。老丁说他觉得亏欠我太多，所以想用这一场婚礼弥补他对我的亏欠。我并没有这样的感觉，他为我做的事已经足够多了。

看到了一直想见的雷神，他还是那么毒舌，一见到老丁便打趣他："你小子现在真是人模狗样的，这么帅都快赶上我了。"老丁不屑地翻翻白眼："我像鬼都不像你。"这两个活宝，一见面就斗嘴。

远道而来的居然还有丹姐，那个在我心里像母亲般的存在。见到丹姐我很激动，在她身上，我能深切感受到那种温柔的母爱。丹姐摸摸我的头，笑着说："小敏今天要嫁人了，祝你生活美满，百年好合！"

前来参加婚礼的还有我的同学们，包括我的闺蜜小云。还有很多在网络上默默关注着我们动态的陌生人，也来到了现场。五月份的天气不算很热，可是朋友们的热情将我包围，不一会儿，我就觉得热气腾腾的了。

小云来当我的伴娘。我们已经很久没有见面了，可是我们没有任何生疏的感觉。她开心地拉着我的手，说："小敏，我真为你开心，希望你能一直这么幸福下去。"我看着她真挚的眼神，笑了。

老丁亲自帮我穿上高跟鞋和婚纱。天哪，我从来没有穿过高跟鞋！洁白的婚纱真的太美了！我坐在轮椅上手拿捧花，被老丁推着来到婚礼现场。没有太多感人的语言，有的只是两颗跳动的心，我又一次被老丁感动得一把鼻涕一把泪。他紧紧抱住我，又用手把我的眼泪擦干，最后亲了亲我的脸。这一刻，我是最幸福的人。

看着这些远道而来的朋友们，我感慨万分。有些朋友甚至是我都没想到还能够再见面的，现在他们就在我的婚礼现场，我仿佛是在梦境中一般。

我被这个突如其来的惊喜撞得晕头转向，又使劲捏捏自己的手，是真的。这场婚礼是老丁和朋友一起策划的，虽然不是特别隆重，却很精致。老丁推着我，怀里还抱着布布。

人们常常说我和老丁的爱情有多么感人可贵。大概是因为身在此山中，所以我觉得我们的爱情其实很简单，不过是在互相包容对方，一直坚持着初心罢了。

人间疾苦万千，但仍有人为爱奔赴。只要我们把握住自己的每一天，永远保持对爱情的向往，对美好生活的向往，心存美好，美好便会向我们走来。

白神山不能实现每一个愿望，它不能够去重写我的命运。而命运，还是命在天，运在自己。很感谢这一路走来自己的坚持，也感谢老丁的坚持以及朋友们的支持，这都是支撑我走下去的精神力量。

小时候，我不知道自己还可以放弃，不会答的题可以不答，再难的习题，也不过短短的几行笔记。如今，我们可以挥霍的时间不多了，要学会活在当下，这也是我们出发的初心。可是现在，我就只想和心爱的老丁相互依偎在一起。

真的很感谢一路上一直陪着我们的朋友们，他们都是善良又真诚的人，再次相逢，我们真的很高兴。感谢这一生，路途遥远，足够让我对那终点继续抱有期待。

生命里真正让人难忘并且充满感激的，不是路上的苦楚和风雨，而是那些一路上陪伴自己的人。幸遇良友，才成就一段温柔岁月。

丁一舟写给路遥的信

亲爱的路遥：

　　清晨，在网吧的沙发上迷糊中，突然一阵心悸，我想路遥了。正常情况下现在应该是路遥出生的日子，可是算起来今天正好是路遥离开我们百天的"纪念日"。自我感觉已经释怀，但是今日，"路遥"两字，迷迷糊糊又莫名其妙地高悬在我的脑海中，强势地霸占了我的思绪……

　　路遥的到来是在半年前我们旅行到新疆喀什的休整期间，有一天，赖敏和我说，她可能怀孕了。我心想：当时已经采取了紧急避孕措施，怎么还是怀上了？一时间我像是犯了错的孩子一样不知所措，完全没有做父亲的思想准备。第一反应竟是进行无痛人流，一了百了！

　　赖敏所患的遗传性小脑共济失调症具有很强的遗传性。我当时态度很坚决，不能冒这个险。赖敏在和我商量之后同意了。当时已经联系好了医院，可是出发去医院当天赖敏又反悔了。她态度明确，想当母亲。

　　作为一个女人，对于做母亲的原始渴求让她不愿放弃这个机会，当时她执意留下孩子，哭得撕心裂肺。一路上遭遇的风风雨雨早就把我们融为了一体。看到她痛苦的样子，我就算是块钢也被她的眼泪融化了。我最终选择了妥协，决定给孩子一个机会，也约定了如果不幸遗传了疾病就绝不能让孩子出世受苦。同时我也迷迷糊糊地开始憧憬自己要是当了父亲会是什么样子。

所有的遗传性疾病只有试管婴儿一种方法能避免遗传，保证安全怀孕。没有经过剔除致病基因的怀孕都是在赌博，而我和赖敏在那天开始了我们人生中的一场豪赌。

目前，国内遗传基因检测还不是很普及，而且条件苛刻，全国只有几个城市能做，价格对一直旅行的我们来说也不便宜。为了这项绝对必要的检查，我们在喀什拼命地想办法赚钱，一时间忙得没日没夜，但确定了目标倒也过得充实快乐。

丁路遥是赖敏为我们的孩子起的名字，意思是路途遥远，应该愈加珍惜，同时也包含着我们对孩子的祝福，期望他能健康出生并且在人生的道路上越走越远。看似平凡的两个字，其实承载了我们沉甸甸的感情，意义非凡。

2017年3月，我们按照计划准备出发前往西安做检查。就在这时候，我们收到了央视《朗读者》的邀请。因为觉得北京的医疗条件会更好，而且还能解决来回"巨额"的机票费用，一直以来坚持不刻意飞去外地录节目的我们动摇了，接受了录制邀请。

在录制现场，我看着赖敏在聚光灯下朗读三毛的《你是我不及的梦》，突然明白，这一路上发光发热的一直都是她，只是在我的光环背后她被人们忽略了。在《朗读者》节目播出之后，一时间我们和路遥得到了来自全国各地的祝福。我们因为节目的影响力而意外地出名了，北京的医院免除了我们的检查费用。我们被这股巨大的社会正能量深深地感动了，觉得这个意外留下来的孩子一定命硬得很，会带着大家的祝福健康地降临到这个世界。

在北京的检查过程长达 3 个月，而此时阿宝、阿吉还留在新疆喀什。曾经陪我们翻山越岭同生共死的它们，除了日常的陪伴之外，更是于数次于危难之中解救了我们的性命，所以我们在任何时候都不会抛弃它们。

我和赖敏被迫分开了。她留在北京由朋友帮忙照顾，接受各项检查，而我则返回新疆开着我们的无敌小三轮车带着阿宝、阿吉穿越塔克拉玛干沙漠前往西安与赖敏和路遥相会。

和她娘俩分开的两个月里，我一直在茫茫的沙漠中穿行。路途中风景优美，我却无心欣赏，满脑子都是赖敏和路遥。在这之前我是个天不怕地不怕的人，但是和她们分开的这段日子里，我知道了什么叫害怕。

这 4000 多公里的旅途无比艰辛，好在都是有惊无险，但也真是吓得够呛，我害怕我要是在半路出事了，她娘俩该怎么办。这种害怕让我明白原来人可以麻木到不惧死亡，但是一旦明确了自己的责任，有了牵挂，就会懂得珍惜自己的生命，害怕遭遇危险，而留下人生的遗憾。

这两个月我不在赖敏身边，她的生活起居都是由我们一路上结识的驴友们照顾，而且这些朋友是从五湖四海赶过来，轮流照顾她，谁有空谁就过去。

虽然我没有能力提供报酬也没有特别交代，但是这帮兄弟姐妹们把赖敏照顾得体贴周到，让我的旅途没有后顾之忧，也充满了前进的动力。

赖敏则在检查之余每天都和我分享路遥和她的状况，比如昨天翻了个身，今天伸了个腿。尽管分隔两地，但是我们一直互相牵挂，幸福从没有中断。

两个月后，我们一家跨越千里在西安重聚，路遥也已经六个月大了，把赖敏的肚子撑得圆鼓鼓的。

当时我抵达西安的住处已经是深夜 11 点，进门的时候发现赖敏已经睡着了。也许是她太熟悉我的气息了，在我靠近床边的时候，她突然醒了过来，炫耀式地挺起大肚子，同时伸出双手露出招牌笑容，拥抱了我。

因为太晚了，她睁不开眼睛，但是挺起肚子伸出双手要抱抱的样子实在可爱极了。当我被她抱在怀里的那一刻，我整个人都软了下来。一路风雨兼程，我身心俱疲，在我们一家团聚的时候，再也不用强撑着了，我们彼此紧紧地依偎在一起。

阿宝、阿吉在赖敏身边开心地上蹿下跳，而这时候已经有了胎动反应的路遥也在赖敏肚子里翻滚起来，好像在和我们一起庆祝这次重逢。那是我们旅行生活中最快乐的日子，我们像正常的待产夫妇一样，经常拿肚子里的小家伙互相逗趣，一起想象以后我们一家人带着阿宝、阿吉在路上旅行的自由浪漫、无拘无束的生活，想象着未来路遥成长过程中的喜怒哀乐。此刻所有的一切都因为路遥的加入而变得更加生动有趣。

等待检查结果的日子异常煎熬，我们一方面希望得到好的消息早做准备，另一方面又害怕路遥有病不得不放弃。随着路遥的胎动越来越频繁，我们经常互动，和她的感情也越来越深，甚至冲动地想不再等待什么结果就这样把路遥生下来。越喜爱就越害怕失去，但是该来的，终究会来。

事情过去了半年之久，现在回想起来依然心痛如绞。也许是我刻意想遗忘那个时间，此时我已经不记得那天的日期，但是那个时刻在我人生道路中刻下的伤痕，却是这辈子都无法消除的。

那天我在找长久居住地的路上，赖敏和狗狗们则留在宾馆休息。中午的时候，北京的医院来电话了，电话中只说了一句："您的孩子带有遗传致病基因，发病率为百分之九十九，建议引产。"我得知消息后，脑子瞬间一片空白，都不知道怎么挂的电话，心痛得不能自已，几乎要瞬间晕厥。

呆滞了不知多久，等我意识恢复过来，想到的第一件事就是如何向赖敏说出这个消息。这半年来她和肚里的孩子一直在互动，甚至我和她分开的日子里，也是她和肚子里的路遥相互做伴，母子血脉相连，感情早已深到无法形容。此刻我又不在她身边，她该如何承受这个消息？

我蹲在路边慢慢抽完一支烟，最后决定马上告诉她这个消息。我通过手机给她发了四个字"路遥有病"，只有四个字，没有其他言辞，因为我实在不知道用什么语言去安慰她。五分钟后，她回了消息："哭过了，没事，我调整一下就好了。"这个回答让我都不得不佩服她的坚强。我急忙赶回到她的身边，见到她的时候我一把抱住了她，瞬间她在我怀里放声大哭。而我也在无声地流泪。

良久，我整理了情绪，才发现半边衣襟早已被她哭湿，而她似乎还在释放痛苦的情绪，不住地啜泣。我安慰她，慢慢地她也逐渐清醒，我们开始了艰难的讨论，最终做出这辈子最痛苦的决定：终止妊娠把路遥引产。我们不想让她来到这个世界上受苦。

因为注定了会发病，而且根据显性遗传的特点，发病时间会比赖敏更早，病情发展更迅速。如果她出生，很可能在花季就会犯病，青春还来不及绽放就开始枯萎，这是我们不愿看到的。做出决定后，我们立即联系了医院，希望尽快结束这份痛苦。

我们到医院做了各项检查，也看到了路遥的样子，知道了她是个女孩，而我们之前一直都是想要个女孩。看她在赖敏的肚子里打滚动弹的时候，眼泪就止不住往下流。住进了产科医院，周围都是各种新生命降生的哭声，我们能感到身边浓浓的生命气息，可是却找不到路遥的求生之道，这让我们备受煎熬。

赖敏体检的结果出来了，状况良好，可以进行引产手术。在准备手术的前一刻我们还在纠结，疯狂地想找个让路遥出生的理由，甚至假想到赖敏摔倒导致意外流产，而这个月份的路遥是可以抢救存活下来的。我们真的想对路遥说"孩子加油！自己蹦跶出来。"

但是最终什么奇迹都没有发生。一切都是按部就班地进行着。把赖敏推进手术室之后，我立刻转身下楼找了个角落默默地抽烟。在这一刻，我表现得像一个逃兵。医院是不让家属进产房的，但是就算允许，我可能也不敢进去，我害怕看到路遥一动不动地从赖敏肚子里分娩出来。最终是赖敏独自面对了这一切，而这一天恰恰是母亲节。

为了让赖敏产后能静养，我们必须在西安找一处适合长期居住的地方，但是阿宝、阿吉因为体型太大了，在西安市区属于禁养犬。我们决定为了它俩搬离西安市区，我开始每天在西安三环外寻找适合的房源。

西安周边既安静又交通方便，还有能让狗狗自由奔跑的地方，秦岭无疑是最合适的。我开着三轮车把秦岭周边的村子转了个遍，结果令人大跌眼镜，因为我之前在终南山居住过，所以对周围情况有所了解。

2015 年的时候，终南山的各个峪口里基本都是农户自己居住，而两年后我发现百分之八十的农户都搬走了，房子都租给了城里人。看着因为人口急遽膨胀而不再清静的秦岭山脉，我不得不放弃在秦岭安家的念头，另寻他处。

我和雨帽岭农庄的结缘可谓是一波三折。当时找不到合适房源的我们广发消息，朋友圈的朋友看到以后，跟我说他知道一个农家乐可能适合我们居住。听到"农家乐"三个字的时候，我第一反应认为，就是有几亩地，种点花草，养点鸡鸭，同时接待客人吃住的地方。因为阿宝、阿吉长期在野外生活已经具有一定的野性，会猎食一些小动物，所以我担心它俩会猎杀农家乐的家畜而闯祸，想了想就拒绝了。后来我又找了几天，没有合适的地方，抱着试试看的想法，我和之前拒绝过的农家乐雨帽岭农庄又联系了，按照黄庄主发的定位前往查看，一路上越走越没底，因为农庄的定位是在白鹿原上的一个村庄里，虽然沿途风景优美，但可能不是我期望的那种视野开阔独门独院的住处。

可事实却出乎意料，黄庄主引领我们穿过村里一条狭窄的巷子，下了土坡之后，眼前豁然开朗，一大片竹林郁郁葱葱，几座土房坐落其中，视野相当开阔。庄主介绍说这是以前的老村，新村建好之后村民基本都搬迁到了白鹿原上。他把闲置的老房子全部承包下来经营农家乐。

空气清新，亲近自然，这正是我要找的"世外桃源"。水、电、宽带网等基础设施齐全，条件很好，我兴奋之余当即拍板定居于此。

时间很快，转眼又过了两个月。时值七月，赖敏的身体也在逐渐康复。回想两年来我们一直在路上，没有固定的落脚点，没有稳定的收入，仅靠自己打零工，加上之前发生的一些事情，又借了不少债，经济十分紧张，我在安家之后急于找工作赚钱，可这时候问题又来了。

虽然住处离市区只有三十公里，但如果去市里上班，每天上下班来回就是六十公里，况且赖敏在家还无人照顾。左思右想之下，我们决定利用农庄现有条件自主创业，等事业稳定以后可以托管给他人，同时也可为我们在旅行路上的经济状况增加一份保障。我们和黄庄主商量之后得到了他的肯定和支持。赖敏利用网络做起了微商销售农产品，我利用农庄得天独厚的条件，发挥自己的特长，在农庄的竹林里办起了户外拓展训练基地。

在我们的共同努力下，事业有了一定的进展，一切都在往好的方向发展。是时候给我们的事业起个名字了，我们不约而同地选择了"路遥"。我的户外拓展工作室命名为"路遥户外工作室"，主打荒野求生和传授野外生存经验，而赖敏的微店则还是那个"赖小敏专卖店"。

在这两项业务成熟了以后，我们还想通过众筹的方式把所居住的房子改装成能对外接待客人的民宿，命名为"路遥居"。

用路遥来命名不单是为了纪念孩子，同时也是在激励自己为了这两个字，一定要坚持到底，不能轻言放弃。

这些事业稳定之后，我和赖敏会继续旅行。旅行结束，我们还会回到这里，和来往的客人分享："我们有个孩子叫丁路遥。"

路遥，咱们江湖再见！

你的爸爸丁一舟

赖 敏 丁一舟

旅行图集

我们一起望向
头顶上的无人机

在 209 国道旁边嬉戏

从柳州刚刚出发的早晨

今天刚走出柳州市

想念螺蛳粉的第一天

南宁市上林县

情侣山留影合照

云南师宗县，丁一舟面向初升的太阳

一个驴友家的阳台

南宁黎塘县城

城里的一条"老炮龙"

上林县，向日葵和阿宝

上林县，我和向日葵，还有阿宝的半张狗脸

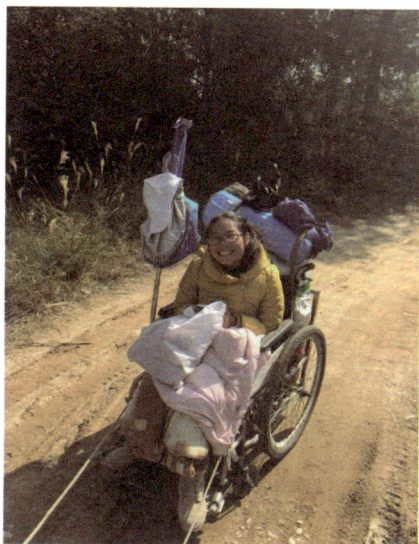

南宁有野猪的六盘水库

我们在南宁遇到的

帮我们修车的残疾人修车队

我在煮螺蛳粉

南宁市隆安县，在雷神家门口烧烤

犯困的阿宝和精神的我

昆明市罗平县，我和阿宝

在曲靖市师宗县露营、搭帐篷，当时的风很大

南宁市梁爷爷的八通洞门口附近

我在八通洞口

洞内的一个房间

客厅的摆放设施

贵州万峰林

笑靥如花

阿宝在贵州万峰林

贵州万峰林
阿宝乘车

南宁隆安的船上

我们在隆安县城过年

云南丽江奉科镇金沙江大峡谷

云南丽江文海村附近

我们在洱海畔偶遇的德国人克里斯自己制作的小房子

德国人克里斯和他的小貂尼莫

云南洱海，丁一舟在彩虹出来时拍照

云南洱海，我和小貂尼莫

路过金沙江暂住在摩梭人家

我们在云南丽江

在三毛的美术老师

韩湘宁的家里

通往拉萨的 318 国道

附近农家的孩子

后面的房子是牛棚

阿牛老师送给我的三棵冬虫夏草

阿牛老师的弟弟为我挖到的一棵冬虫夏草

香格里拉白地村（白水台），树昆大哥正在传授东巴象形文字

拉乌山，海拔 4376 米

业拉山垭口

我的又一个四千多米

我在米拉山垭口

我们一家人在布达拉宫广场合影

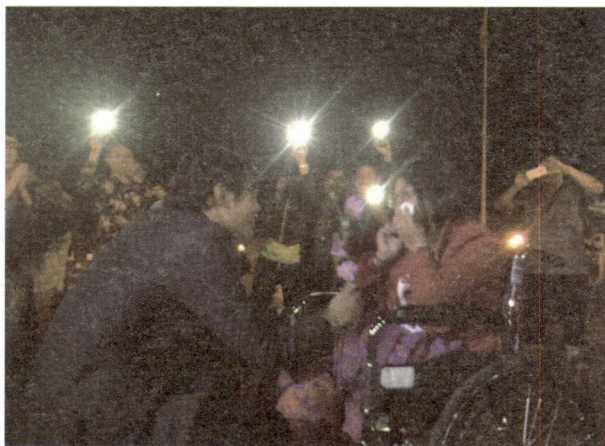

布达拉宫广场，丁一舟的求婚现场

布达拉宫广场求婚后的合影

布达拉宫广场，丁一舟向我求婚以后和朋友们的合照

泸沽湖海藻花

泸沽湖畔的达祖希望小学，我的最后一堂英语课

泸沽湖畔的达祖希望小学，我在上英语课

泸沽湖畔的达祖希望小学，丁一舟和孩子们

泸沽湖畔达祖希望小学，阿宝和孩子们玩耍

牛背山顶的云海日出和阿宝、阿吉

我第一次与董卿亲密接触，朗读了我最喜欢的作家三毛的文章

（图片来自《朗读者》节目视频截图）

期待，下一次启航……